本书属于"十四五"国家出版规划项目
——"丝绸之路古典文学译丛"

本书属于国家社科基金重大项目
——"梵文研究及人才队伍建设"

梵语文学译丛

无价的罗摩

अनर्घराघव

[印度] 牟罗利 著

黄宝生 译

中西书局

"梵语文学译丛"总序

在古代文明世界中,印度和中国一样,是当之无愧的文学大国。它产生了印欧语系最古老的诗歌总集,宏伟的两大史诗,丰富的神话传说和寓言故事,精美的抒情诗、叙事诗、戏剧和小说,以及独树一帜的文学理论体系。而且,印度古代文学产生过世界性影响,此影响依托的重要媒介是宗教。对中国和东北亚各国的影响媒介主要是佛教,对南亚和东南亚各国的影响媒介是佛教和婆罗门教兼而有之。而印度古代文学中的寓言故事以及古典梵语文学,对古代和近代世界的影响尤为普遍,范围远远超出亚洲。因此,在世界文学发展史上,印度古代文学无疑占有重要的一席。

印度古代文学可分为五个时期:吠陀文学时期、史诗时期、古典梵语文学时期、各种地方语言文学兴起时期和虔诚文学时期,时间跨度为公元前 15 世纪至公元 19 世纪。梵语是印欧语系中古老的一支,也是古代印度 12 世纪以前的主流语言。从广义上说,梵语包括吠陀梵语、史诗梵语和古典梵语。我们通常所说的梵语主要是指史诗梵语和古典梵语。吠陀梵语可称为古梵语，或径称为吠陀语。史诗梵语相对于古典梵语而言，是通俗梵语。与梵语和梵语文学同时存在的还有印度各地的方言俗语及其文学。梵语和梵语文学自 12 世纪开始消亡，由印度各种地方语言及其文学取而代之。

印度古代宗教发达，主要有婆罗门教、佛教和耆那教三大宗教。婆罗门教始终在印度古代文化中占据主流地位。同样，在 12 世纪之前的印度古代文学中，婆罗门教文化系统的梵语文学也占据主流地位。佛教和耆那教早期使用方言俗语，后期也使用梵语，故而，梵语文学也包括佛教和耆那教的梵语文学。

中国和印度有两千多年的文化交流史。佛教自西汉末年传入中国，东汉开始大量佛经得到翻译，历久不衰，至唐代达到鼎盛。佛经的输入，在语言、音韵、文体、题材、艺术表现手法等诸方面对中国古代文学的发展产生过深远影响。然而，佛教文化只是印度古代文化的一个组成部分。同样，佛教文学也只是印度古代文学的一个组成部分。而我国古代高僧只注意翻译佛教经籍和文学，所以从汉语《大藏经》中无法了解印度古代文学全貌。

20 世纪上半叶，以获得诺贝尔文学奖的印度诗人泰戈尔访华为机缘，中印文化交流出现新的高潮。中国文学界在翻译介绍以泰戈尔为代表的印度现代文学的同时，也注意到印度古代文学，尤其是迦梨陀娑的作品，出现多种从英语或法语转译的《沙恭达罗》汉译本。此外，商务印书馆曾出版许地山的《印度文学》（"百科小丛书"之一，1931），中华书局曾出版英国麦克唐纳的《印度文化史》（龙章译，1948）。这两本书都有利于国内读者了解印度古代文学的概貌。

20世纪下半叶，我国对印度梵语文学的翻译介绍取得了长足进步。1956年，迦梨陀娑被世界和平理事会列为该年纪念的世界文化名人之一。同年，我国首次出版了从梵语原著翻译的迦梨陀娑的戏剧《沙恭达罗》（季羡林译）和抒情长诗《云使》（金克木译）。此后，直接从原文翻译的梵语文学作品在国内陆续问世，如戒日王的戏剧《龙喜记》（吴晓铃译，1956）、首陀罗迦的戏剧《小泥车》（吴晓铃译，1957）、寓言故事集《五卷书》（季羡林译，1959）、迦梨陀娑的戏剧《优哩婆湿》（季羡林译，1962）、抒情诗集《伐致呵利三百咏》（金克木译，1982）和《印度古诗选》（金克木译，1984）。1964年，金克木撰写的《梵语文学史》出版，对印度古代梵语文学做了比较全面的介绍和论述。此外，1960年，季羡林和金克木两位先生在北京大学东方语言文学系开设了现代中国的第一届梵文巴利文班，培养了国内第一批梵文和巴利文人才。

1985年，季羡林翻译的史诗《罗摩衍那》汉语全译本出版，2005年，我主持集体翻译的史诗《摩诃婆罗多》汉语全译本出版。这样，印度两大史诗的翻译在我们师生两代手中得以完成。然而，印度古典梵语文学宝库中的许多文学珍品还有待我们翻译介绍。鉴于这种考虑，我们决定与上海中西书局合作,编辑出版"梵语文学译丛",希望在中国文学翻译界营造的世界文学大花园中增加一座梵语文学园。

我们的目标是用十年时间,将印度文学史上具有重要地位的梵语文学名著尽可能多地翻译出来,以满足国内读者阅读和研究梵语文学的需要。尽管至今国内从事梵语文学翻译和研究的学者依然为数有限,但我们愿意尽绵薄之力,努力争取达到这个目标。

黄宝生

前　言

　　古典梵语戏剧史大致分为三个时期,早期戏剧以 2—3世纪的跋娑为代表,中期戏剧以 4—5 世纪的迦梨陀娑和 7—8 世纪的薄婆菩提为代表,后期戏剧以 9—10 世纪的牟罗利和王顶为代表。

　　后期戏剧持续时间较长,现存作品数量远远超过早期和中期作品,然而,就戏剧艺术成就而言,难以企及迦梨陀娑和薄婆菩提。因此,现代的梵语文学史家通常将后期古典梵语戏剧称为“衰微期”,衰微的主要标志是:一、在题材上,一味依赖两大史诗和往世书神话传说,或热衷于表现宫廷艳史;二、在人物性格塑造上,因袭固有的模式;三、忽略戏剧表演艺术的特点,将戏剧混同于叙事诗,着眼于展现作者的诗歌艺术才华。

　　牟罗利(Murāri,9—10 世纪)的生平事迹不详。他创作的《无价的罗摩》(Anargharāghava)取材于史诗《罗摩衍那》。《罗摩衍那》的故事在古代印度家喻户晓,因此一次又一次被改编为戏剧,其中著名的有跋娑的《雕像》(七幕剧)和《灌顶》(六幕剧)、薄婆菩提的《大雄传》(七幕剧)和《罗摩后传》(七幕剧)、摩特罗拉贾的《高尚的罗摩》(六幕剧)和王顶的《小罗摩衍那》(七幕剧)等。

《罗摩衍那》全诗共分七篇,牟罗利的《无价的罗摩》取材于前六篇。下面简要概括全剧七幕的剧情:

第一幕:众友仙人前来拜访阿逾陀城十车王,说明自己准备举行一次祭祀,请求十车王让罗摩帮助他保护净修林,以防罗刹侵扰。十车王虽然舍不得罗摩离开自己,最后还是表示同意。这样,罗摩和弟弟罗什曼那跟随众友仙人前往他的净修林。

第二幕:罗摩在众友仙人净修林,帮助他杀死前来破坏祭祀的女罗刹陀吒迦。然后,众友仙人告诉罗摩,弥提罗城遮那迦王是他的朋友,也正在举行祭祀,同样需要防备罗刹侵扰,便带领罗摩和罗什曼那前往弥提罗城。

第三幕:遮那迦王宫中有一张祖传的湿婆神弓。遮那迦王许诺谁能挽开这张神弓,就能娶他的女儿悉多为妻。但长久以来,任何前来求娶悉多的国王都不能挽开这张神弓。众友仙人向遮那迦王推荐罗摩。正在这时,十首王委派自己的祭司绍湿迦罗前来求娶悉多。而遮那迦王坚守必须挽开神弓这个条件。遮那迦王的祭司舍陀南陀吩咐罗摩去挽开神弓。结果,罗摩不仅挽开神弓,而且拉断了神弓。这样,遮那迦王同意把悉多嫁给罗摩,也同意把自己另外三个女儿嫁给十车王的另外三个儿子,并派遣舍陀南陀去邀请十车王前来参加婚礼。绍湿迦罗见此情形,对遮那迦王发怒,威胁说"悉多最终仍会落到十首王罗波那的手中"。

第四幕:武艺高强的婆罗门持斧罗摩因父亲遭到刹帝利武士杀害,始终对刹帝利怀抱仇恨。现在,他听说罗摩拉断了湿婆神弓,便前来向罗摩挑战,结果败在罗摩手下。他深感羞愧,决心从此放下武器,进入林中修苦行。遮那迦王和十车王满心欢喜。十车王也告知遮那迦王,他已准备让罗摩继承王位。而就在这时,十车王接到二王后吉迦伊派人送来的一封信。信中提到十车王以前曾许诺赐予她两个恩惠,现在,她要求十车王兑现诺言,提出两个要求:一是让她的儿子婆罗多继承王位,二是让罗摩带着悉多和罗什曼那在弹宅迦林中生活十四年。十车王和遮那迦王顿时晕倒在地。罗摩安抚他俩,同时,罗摩为了让父亲十车王不失信义,甘愿放弃王位,毅然决然带着悉多和罗什曼那前往森林。

第五幕:罗摩前往弹宅迦林途中,停留在妙峰山时,婆罗多追寻而来,报告父亲十车王去世的消息,并请求罗摩回去继承王位,而罗摩恪守诺言,坚决拒绝。于是,婆罗多带回罗摩的一双鞋子,供在国王宝座上,以示代罗摩摄政。罗摩继续前往弹宅迦林,到达般遮婆帝地区。在那里,罗波那的妹妹首哩薄那迦看中罗摩,想要让罗摩成为自己的丈夫,罗什曼那怒不可遏,发箭削掉她的耳朵、鼻子和嘴唇。首哩薄那迦的兄长伽罗等罗刹为此向罗摩发起进攻,被罗摩杀死。然后,罗波那施展诡计,让罗刹摩哩遮化身金鹿,引开罗摩和罗什曼那,趁悉多孤身一人而劫走她。罗摩悲痛至极,魂不守舍。其间,罗波那的朋友猴王波林又前来向罗摩挑战,也被罗摩杀死。然后,罗摩让波林的弟弟须羯哩婆登基为猴王,并与他结为盟友。须羯哩婆派遣神猴哈努曼前去寻找悉多的下落。

第六幕:哈努曼纵身跃过大海,在十首王罗波那的楞伽城中找到悉多。然后,猴子大军搬来许多山峰,填海架桥。罗摩率领猴子大军渡过大海,围攻楞伽城。罗波那的弟弟维毗沙那劝说罗波那把悉多归还罗摩,遭到罗波那痛斥。于是,维毗沙那投奔罗摩。罗摩和罗波那双方军队交战。罗摩杀死罗波那的弟弟鸠槃羯叻拿,罗什曼那杀死罗波那的儿子因陀罗者。最后,罗摩和罗波那决战。经过激烈鏖战,罗摩用箭射下罗波那的十个头颅,罗波那倒地而死,罗摩取得胜利。

第七幕:罗摩与悉多和罗什曼那以及须羯哩婆和维毗沙那一起乘坐飞车,返回阿逾陀城。在飞车行进途中,他们怀着喜悦的心情互相交谈,描述沿途的景物,回忆往事。最后,他们到达阿逾陀城,与婆私吒仙人以及弟弟婆罗多和设睹卢祇那团聚。婆私吒仙人为罗摩举行灌顶登基仪式。

以上剧情与《罗摩衍那》前六篇的内容基本一致,只是某些情节稍有改动。然而,无论整个剧情的编排,还是某些情节的改动,基本上也是因袭薄婆菩提的《大雄传》。例如,其中有个比较重要的情节改动是：按照《罗摩衍那》，十车王的二王后吉迦伊是受侍女曼他罗的挑唆，而向十车王提出那两个要求的；而在这部戏剧中，则是猴王波林的大臣占波梵出于支持须羯哩婆，指使一位具有神通力的山林部落妇女钻进曼他罗体内，假借吉迦伊的名义送信，提出那两个要求。占波梵的目的是让罗摩流亡森林，然后借助罗摩之手杀死波林，让须羯哩婆取代波林成为猴王。而这个情节改动显然是受薄婆菩提的《大雄传》启发，因为在《大雄传》中，是罗波那的妹妹首哩薄那迦钻进曼他罗体内，致使曼他罗无事生非。

从牟罗利的《无价的罗摩》这个剧本可以看出，全剧情节的演进不是通过各种戏剧动作，而主要是通过剧中人物的陈述。剧中也经常使用幕后话音，例如罗摩杀死女罗刹陀吒迦、罗摩拉断湿婆神弓、罗摩与持斧罗摩交战以及罗摩与波林交战等，都是通过幕后话音陈述的。罗摩与罗波那双方军队交战，直至罗摩杀死罗波那，也完全是通过在空中观战的两个持明陈述的。此外，全剧除了第一幕外，每幕前面都有一个插曲，按照梵语戏剧术语称为"幕头插曲"（aṅkamukha），由剧中人物讲述已经发生的事，起到剧情前后串连承接的作用。

前面已经提到古典梵语后期戏剧作者存在将戏剧混同于叙事诗的倾向。《无价的罗摩》全剧中散文对白并不多，而诗歌多达五百四十首。牟罗利醉心于展现自己的诗歌艺术

5

才华,正如他在序幕中借戏班主人之口所说:"语言充满美妙修辞,成为项链,佩戴在具有鉴赏力的观众脖子上。"但是,他所谓的"美妙修辞"体现的是古典梵语后期叙事诗追求形式主义的风尚。而所谓"具有鉴赏力的观众"实际上是印度古代社会上层具有高度文化修养的观众。这部戏剧现存有十余种梵语注释本,这从一个侧面说明这部作品语言的读解难度,同时也说明它在传统梵语学者中颇受重视和欢迎。

我翻译这部戏剧,梵语原文依据托兹索格(J.Törzsök)的编订本(*Rāma Beyond Price by Murāri*,New York University Press,2006)。这个编订本也附有托兹索格的英译。其实,翻译梵语作品最好是能掌握和参考原作的梵语注释本,但是,我手头只有这个编订本。

托兹索格在这个编订本的前言中指出:"牟罗利的《无价的罗摩》是最难读解的梵语文学作品之一。也正是这个原因,它成为在印度传统学者中最流行的戏剧之一。"

根据我本人在翻译中的体会,这部作品的读解难度主要体现在这几个方面:一、作者偏爱使用长复合词。梵语诗歌每首一般分为四个诗步,即每行音节相等的四行诗。按照《舞论》中提供的常用诗律格式,诗歌每行的音节数最短为八个音节,最长有二十六个音节。这部作品中的诗歌以每行十五至二十一个音节者居多,而其中一行或一行半乃至两行常常是一个复合词。这样,就需要读者拆解复合词,把握词与词乃至整个复合词与诗中主句的语法关系。二、作者刻意追求谐音修辞效果,因此常常使用偏僻词或常用词的偏僻词义。有时还会遇到个别在词典上查不到的用词,这就需要依据梵语词汇的构词法以及上下文语境加以识别。三、作者经常使用人物的称号。在梵语文学中,一些著名人物往往有不同称号,尤其是著名的天神,甚至有几十个乃至上百个称号。同一人物使用不同称号,一是出于调谐诗律的需要,二是追求谐音效果。四、作者经常使用神话典故,这就需要读者对印度古代神话传说有比较充分的了解。这里也可以顺便指出,印度古代神话传说发达,作者在这样的文化传统熏陶下,神话思维习以为常,这从他在叙事中不少描写和用语过于夸张的情况可以见出。

我这次译出牟罗利的《无价的罗摩》,主要目的是让读者对后期古典梵语戏剧有所了解。读者也尽可以将这部戏剧作为一部叙事诗阅读,其中不少刻画人物心理和感情以及描写自然和环境的诗歌也还是颇有特色而值得一读的。另外,如果读者没有读过长篇史诗《罗摩衍那》,也可以通过阅读这部戏剧了解《罗摩衍那》的主要故事内容。

关于这部戏剧中的诗歌翻译,除了每行八个音节的诗歌我有时译为两行外,其他每行八个音节以上诗歌原则上都译成四行;而音节偏多的诗歌,除了能将原文稍加简化而译成四行(每行译文字数不超过十八个字),否则,只能译成八行。梵语诗歌的翻译,除了诗律不能迻译外,长复合词和谐音修辞也不可能体现在汉语译文中,而这两点恰恰是这部作品语言艺术中的重要特征,这也是翻译中无可奈何的缺憾。

最后需要说明一点,梵语戏剧编订本一般对剧中的诗歌都标有序号,而我依据的这个编订本,诗歌没有标注序号,因此,我的译文中诗歌也没有标注序号。

黄宝生

2022 年 5 月

CONTENTS | **目录**

无价的罗摩

无价的罗摩

WUJIA DE LUOMO

剧中人物

男角

十车王——阿逾陀城国王

罗摩——十车王长子，母亲是十车王的大王后憍萨厘雅

罗什曼那——罗摩的弟弟，母亲是十车王的小王后须弥多罗

婆罗多——罗摩的弟弟，母亲是十车王的二王后吉迦伊

设睹卢祇那——罗摩的弟弟，母亲是十车王的小王后须弥多罗

婆私吒——仙人，十车王的家庭祭司

缚摩提婆——仙人，十车王的家庭祭司

众友——仙人，缚摩提婆的朋友

修那赫舍波——众友仙人的弟子

波修梅达罗——众友仙人的弟子

遮那迦——弥提罗城国王

舍陀南陀——遮那迦王的家庭祭司

罗波那——楞伽城罗刹王，又名十首王

维毗沙那——罗波那的弟弟

3

摩哩耶梵——罗波那的大臣

绍湿迦罗——罗波那的家庭祭司

苏伽——罗波那的侍从

娑罗那——罗波那的侍从

波林——积私紧陀山猴王

须羯哩婆——波林的弟弟

占波梵——波林的大臣

哈努曼——神猴,风神之子

持斧罗摩——武艺高强的婆罗门

阇吒优私——秃鹫王,十车王的朋友

古诃——尼沙陀王,罗什曼那的朋友

宝髻——持明

金钏——持明

女角

悉多——遮那迦王的女儿,罗摩的妻子

迦罗杭希迦——悉多的侍女

首哩薄那迦——罗波那的妹妹

陀吒迦——女罗刹

希罗婆那——山林部落妇女

我们万事顺利,向大神毗湿奴致敬！他的
双眼是太阳和月亮,阳光让轮鸟感到喜悦,
月光让鹧鸪饮用,从他肚脐水池中长出的
莲花嫩芽半睡半醒,与洁白贝螺结为伴侣。①

在每一劫结束时,他的肚脐成为三界
创造主梵天唯一居处,梵天时时刻刻
进入他的腹中,观察万物应该安排在
何处何地,向世界支持者毗湿奴致敬！②

（献颂诗终）

---

① 按印度古代传说,成双结对的轮鸟夜晚分离,白天团聚。鹧鸪饮用月
光,又称饮光鸟。贝螺用作螺号,是毗湿奴的象征物之一。
② 按印度神话,世界从创造至毁灭为一劫。世界毁灭后,梵天从毗湿奴
肚脐长出的莲花中诞生,再次创造世界。

序　幕

戏班主人　大神毗湿奴黝黑犹如海边多摩罗树嫩芽,又如三
界之主顶冠上的蓝宝石,又如吉祥女神丰满胸脯上用麝香
膏描绘的线条。诸位观众啊,你们在庆祝大神毗湿奴的节
日来到这里。那个名叫争斗的演员,来自某个岛国。他
演出的戏剧主要表演暴戾味、厌恶味、恐怖味和奇异味,
引起观众激动和焦虑。我是名叫善行的演员,来自中部
地区,是戏剧大师跋呼鲁波的弟子。现在,我乐于为你
们效劳,演出一部戏剧,其中无论表现哪种情味都会让
你们感到合适满意。但愿我受到诸位先生恩宠。因为,

演员们的乐趣就在于让观众感到欢愉,

我会战胜取走欢愉者,而把她带回来。①

---

① 这首诗中,"欢愉"的原词是 prīti,属于阴性名词。这里将欢愉拟人化,
暗示这部戏剧是表现十首王罗波那劫走罗摩的妻子悉多,而罗摩最后
战胜罗波那,救回悉多的故事。同时,也可能暗示这个戏班主人扮演
罗摩,而那个演员扮演罗波那。

（侧耳倾听）你们说什么？"你这位从外地来的陌生人，
怎么不自量力说大话？"（微笑，谦恭地双手合掌）诸位先
生啊，你们怎么能这样说？我会尽心竭力为你们效劳，
我这就召集演员们。因为，

遵行正道，甚至会得到动物鼎力相助，
背离正道，甚至会遭到同胞兄弟抛弃。①

（再次侧耳倾听）你们说什么？什么？"那么，我们交给
你这封信。"

（一个演员上场，递上一封信。

戏班主人接过这封信，诵读）

我们希望观看一部戏剧，其中充满情味，体现人生四大
目的②。

优秀诗人的思想依次过滤
　　许多甘露般的经典，创作

---

① 这首诗暗示罗摩在诛灭罗刹王罗波那的过程中，得到猴王须羯哩婆率
领的猴子大军协助；同时，罗波那的弟弟维毗沙那不满兄长的行为，而
投奔罗摩。
② 按印度古代人生学说，"人生四大目的"指正法、爱欲、利益和解脱。

作品，犹如珠贝过滤海水，

孕育出珍珠，串连成项链。

这样的作品中，主角①具足

优秀品德，语言充满美妙

修辞，成为项链，佩戴在

具有鉴赏力的观众脖子上。

我们盼望看到的戏剧，

故事情节深刻而崇高，

充满英勇味和奇异味，

成为世人欢愉的源泉。

（思索，面露笑容）贤士啊，你肯定聆听过《罗摩衍那》。这是大牟尼蚁垤最先从天国带来大地的诗歌，语言中的精华，甘蔗族②光辉名誉的化身。

演员　正是这样。

戏班主人　我们的观众正是要求演出依据这部作品创作的戏剧。

演员　（微笑）确实，蚁垤仙人的这部作品已经成为所有诗人

---

① 此处"主角"的原词是 nāyaka，在这里用作双关词，也指珍珠项链中间最主要的一颗珍珠。

② 罗摩的家族属于太阳族。甘蔗王（ikṣvāku）是太阳族的第一位国王，因此，罗摩的家族也称甘蔗族。

取材的妙语宝库。

戏班主人 贤士啊,还用说什么?

那个罗刹王怎样折磨三界?
毗湿奴怎样降生在甘蔗族?
大牟尼怎样诵出圣洁语言?
由此催生所有美妙的作品。

因此,我要从这些戏剧中选择一部优美迷人的作品。(稍停片刻,思索,喜悦)有一位茂德伽利耶家族的大诗人,跋吒·筏驮摩那和丹杜摩蒂的儿子,名叫牟罗利。他新近创作了一部名为《无价的罗摩》的戏剧。我们可以演出这部戏剧,完全符合这些观众的要求。(思索,微笑)啊,它确实能让这些观众高兴满意。因为,

我的戏班演员个个在行,
　　能按照情味吟诵和歌唱;
罗摩有无比勇气和品德,
　　而成为诗歌题材的种子;
蚁垤为了赞颂他的事迹,
　　而诵出神奇圣洁的语言;
牟罗利创作的这部作品,
　　确实优美而且含义深邃。

蚁垤仙人①讲述的这个故事虽然已经有许多诗人以各种方式加以改编,而这位婆罗门之子牟罗利再次改编,并非多此一举。你看!

如果说罗摩的故事已经

　　被前人写尽,可以不必

再写,那么请问在这个

　　世界还有哪个品德胜过

罗摩的人吗?诗人能力

　　就在于用深刻而优美的

语言表现各种崇高品德,

　　否则他怎么能提升自己?

诗人牟罗利一开始就赞颂心中自然展现语言才能的导师蚁垤仙人以及语言女神:

我敬拜这位仙人,他如同一棵

　　大树,成为神奇圣洁语言来到

---

① 《罗摩衍那》初篇中讲到蚁垤是修苦行的牟尼,那罗陀仙人向他讲述了罗摩的事迹。有一天,蚁垤在森林里看到一对麻鹬悄悄交欢,忽然一个猎人发箭射中公麻鹬。公麻鹬坠地翻滚,满身鲜血,雌麻鹬凄惨哀鸣。蚁垤心生悲悯,安慰雌麻鹬,谴责猎人。而他的话语脱口而成一首诗,连他自己也感到惊奇。此后,他就用这首诗的诗律,即输洛迦(śloka)诗律,创作了《罗摩衍那》。

人间世界的栖息处,解除它们
从遥远的天国一路下凡的疲倦。

敬拜语言女神娑罗私婆蒂①,
她在创造主梵天的四张脸、
脖子和喉咙之间游戏娱乐,
大胆而又自信,畅所欲言。

演员 （微笑)师父,让我们开始吧! 因为这位名叫牟罗利的
诗人是茂德伽利耶家族婆罗门仙人后裔中的佼佼者,堪
称新生的蚁垤。他说出的话语犹如流淌的甘露,让我深
感惊奇。

戏班主人 贤士啊,你感到惊奇,这完全正常。他的话语正
是这样。

诗人牟罗利的语言闪耀蚁垤仙人
语言甘露池的灿烂光辉,他赞颂
迦俱私陀②家族,充满深邃的思想,
芳香甜美的情味,深深打动人心。

（幕后传来歌声）

———————

① 娑罗私婆蒂(sarasvatī)是大神梵天的妻子。
② 迦俱私陀(kakutstha)也是罗摩家族的一位祖先。

这位智者闪耀太阳的光辉，
给整个生命世界带来快乐，
甚至吸引那些停留在莲花
花蕾上的蜜蜂也纷纷飞来。

戏班主人 （倾听）怎么？演员们已经开始表演？我听到这
歌声宣告众友仙人准备前来，从十车王身边带走罗摩。
（观看前面）啊，这位是祭司缚摩提婆，从梵天的儿子婆
私吒仙人的住处回来，要向十车王报告消息。那么，我
们离开吧！他们两人交谈，不需要第三者在场。我们赶
紧去为自己上场表演做准备。

（两人下场）

第一幕

（然后，十车王和缚摩提婆上场）

十车王　我曾经多次聆听尊者婆私吒的教诲，每次都给我带
　　来新的喜悦。

　　大地作为猎物，仍然散发摩杜和
　　盖吒跋两个阿修罗王的脂肪腥味①，
　　大地上的国王必须以自己的名誉
　　散发的芳香布满它，才能享受它。

（思索，微笑）

---

① 按印度神话，摩杜和盖吒跋是一对阿修罗兄弟。他俩偷走梵天诵出的
四吠陀。梵天追赶他俩，而遭到他俩打击。梵天向毗湿奴求助，毗湿
奴最终杀死他俩。而他俩身体流出的脂肪布满大地，因此，大地散发
脂肪腥味。这首诗中，"大地"的用词是 medinī，词义为有脂肪的。

> 我一直按照他的教导保护民众，
> 现在老年已染白我两鬓的头发，
> 而他至今仍然像教育儿童那样
> 教导我，表明他对我偏爱有加。

缚摩提婆　这还用说吗？虽然一个人对所有人采取同样的态度，但也会对某个人怀有特殊好感。

> 虽然这位尊者是罗怙族共同
> 导师，但是他对你另眼相看。
> 月亮不是让世界万物都感到
> 高兴吗？而对白莲情有独钟①。

十车王　缚摩提婆啊，导师的教诲成为我控制自己追随其他感官的心象的象钩，因此不用再说其他什么。

缚摩提婆　大王啊，我已经告诉你所有一切。而我要用这首诗总结所有的教诲，便于你记住尊者对你的教诲。

十车王　（恭敬）我听着。他对我有什么嘱咐？

缚摩提婆

> 你的家族举行各种祭祀，

---

①　白莲是夜晚绽放的莲花。

坚持修苦行,恪守正法,

凡有前来求乞者,也要

让他们满足愿望而离去。

十车王 (喜悦)我铭记导师教导,已经做到这样。

今天,我们的伟大祖先太阳

　　成了享受祭祀的众天神魁首,

我们已经成为真正的祭祀者;

　　今天,大地女神也已经有了

像我们这样名副其实的国王;

　　今天,因陀罗也认为我们是

他的同伴,因为阿容达提的

　　夫主婆私吒格外地恩宠我们。

缚摩提婆 王仙①啊,你天生具有伟大的威力和尊严,赢得崇高的声誉。因此,我唯独对你提供忠告。

即使月亮不像在秋天的

夜空那样明亮,也依然

唤醒白莲,更何况尊者

---

① "王仙"(rājarṣi)是对国王的一种尊称,指具有苦行仙人品质的国王。

婆私吒堪称第二位梵天？

还有，

你们这个祭祀者家族经常举行祭祀，
日益兴旺，沙伽罗让大海充满海水，
天国恒河成为你们祖先的善行象征①，
这一切都显示这位三界导师的威力。

还有，

陀哩商古不服从婆私吒
命令，即使他获得众友
许可，结果是没有升入
天国，也没有落到地面。②

---

① 按印度神话，甘蔗族后裔沙伽罗(sagara)在举行第一百次祭祀时，天
  王因陀罗偷走他的祭马，藏在迦比罗仙人那里。沙伽罗的六万个儿子
  寻找祭马，掘遍大地，发现祭马在迦比罗身边。他们指责迦比罗偷走
  祭马，遭到这位仙人诅咒，化为灰烬。后来，沙伽罗的孙子找回祭马。
  最后，沙伽罗的重孙跋吉罗陀(bhagīratha)从天国引下恒河。沙伽罗
  的六万个儿子经过恒河水洗涤净化，得以升入天国。由此，恒河也得
  名跋吉罗提(bhāgīrathī)，即跋吉罗陀的女儿。而沙伽罗的六万个儿
  子掘开大地，扩大了大海的容量，大海也得名"沙伽罗"(sāgara)。
② 按印度神话，陀哩商古想要带着肉身升入天国，遭到婆私吒仙人和因
  陀罗反对，而众友仙人同意他的要求，为他举行祭祀，让他带着肉身升
  入天国。而陀哩商古抵达天国后，遭到因陀罗阻拦和婆私吒仙人诅
  咒，从天国坠落。众友仙人救护他，不让他坠落，结果陀哩商古悬在天
  国和大地之间，成为空中的一个星座。

（门卫进入）

门卫　胜利！王上胜利！尊者众友仙人已经等候在门口。

十车王　（激动）是众友仙人吗？

缚摩提婆　我去按照吠陀礼仪迎接这位苦行仙人，带他进来。

（缚摩提婆和门卫一起下场）

十车王　（喜悦）

> 他是迦亭的儿子，通过修炼
> 严酷的苦行，使刹帝利身体
> 变成婆罗门，全身充满超越
> 动性的善性，今天来到我家。①

（众友进入，缚摩提婆在前面引路）

众友　朋友缚摩提婆啊，现在告诉我消息吧！你从婆私吒的净修林回来。恪守正法的尊者婆私吒和他的忠贞的妻子阿容达提安好吗？

---

① 迦亭（gādhin）是一位刹帝利国王。按照数论哲学，原初物质具有三性：善性、动性和惰性。诗中所说的动性（rajas）属于刹帝利性质，所说"自己的性质"（svaguṇa）即善性（sattva），属于婆罗门性质。

缚摩提婆 他今天特别高兴,因为他的亲密的老朋友众友前来看望祭祀者家族①。

众友 朋友缚摩提婆啊,很久以来,我心中最大的愿望是来看望十车王。

缚摩提婆 (谦恭)尊者众友啊,这位太阳族国王确实幸运,因为你这样关心他。

众友:朋友啊,他确实幸运!

他已经展现自己双臂的威力,所有的
国王敬拜他的双脚,犹如雨中的月光
照亮花蕾,他举行马祭时,放出祭马,
周游大地,马蹄将大地踩得凹凸不平②。

(观看前面,喜悦)

这位摩奴③的后裔十车王双臂强壮有力,
游戏般地揪住所有阿修罗妻子的头发,
天生的光辉照耀三界,经常协助天王
战胜阿修罗,长久以来滋润我的双眼。

---

① "祭祀者家族"指十车王家族。
② 马祭(aśvamedha)是国王放出一匹祭马,让它周游大地,王子们追随其后,降伏其他国家的国王。一年后,祭马返回,举行祭祀仪式。这是国王统一天下的象征。
③ 按印度神话,摩奴(manu)是人类始祖,也是太阳的儿子,甘蔗族祖先。

朋友缚摩提婆啊,如同东风吹送阵阵乌云,普降清凉甘露雨,世上的人们纷纷满怀好奇,谈论这位世界保护者。

缚摩提婆 尊者啊,今天迪利波①家族吉祥幸运,犹如如意藤萌发新芽,因为你这位三界永恒的导师表示热爱这位国王。

(两人绕行)

十车王 (激动,谦恭地从座位起身,走上前去)尊者众友啊,甘蔗族的十车向你致敬!

众友 祝你和身边所有人吉祥平安!

(各自坐上自己的座位)

十车王 (谦恭)尊者众友啊!

有野兽侵害净修林中的

苦行者吗? 有什么阻碍

天神们享用祭祀仪式上

供奉的祭品吗? 你来到

这里是为举行祭祀仪式,

---

① 迪利波(dilīpa)也是罗摩家族的一位祖先。

而需要向你捐赠土地吗?
或者,你这次来到这里,
　　为奖掖罗怙①族恪守苦行?

众友　(微笑)

英雄啊,你已经让四方统治者
都成为家主,照看家庭和庭院,
现在"敌人"一词已虚有其名,
我们哪里还会担心害怕受威胁?

还有,

凭借你神奇的双臂威力,
　　已经让因陀罗摆脱遭受
威胁的困扰,也减轻了
　　毗湿奴保护三界的重担;
毗湿奴呼出深长而清凉
　　芳香的气息,滋补养肥
他用作自己卧床的蛇王,②
　　他也得以安稳舒适入睡。

———————————

① 罗怙(raghu)也是罗摩家族的一位祖先。
② 按印度神话,毗湿奴睡在海面上,以蛇王为卧床。

十车王 （面露尴尬的微笑）尊者众友啊，在因陀罗亲自迎战敌人时，我确实曾经手中持弓，在战斗阵地前沿，充当一名小小的士兵。这正是世上这些虚假传言的来源，也传到你的耳中。

众友 （面露逗趣的微笑）

> 依靠你这位英雄，三界
>> 有了安全保障，因陀罗
> 已经荒疏他的弓，现在
>> 只是用于装饰天上云朵①；
> 你不断举行祭祀，供奉
>> 祭品，因陀罗越吃越胖，
> 肥肉覆盖了他的一千只
>> 眼睛②，让他怎样活下去？

缚摩提婆 大王啊，尊者众友说的都是实话。我多次在天国妙法宫中目睹这样的情景：

> 你分享因陀罗的半边座位，

---

① 因陀罗的弓（indradhanus 或 indracāpa）也指称彩虹。
② 按印度神话，天国工巧大神创造出一位绝色美女，名叫狄罗德玛（tilottamā）。她在向因陀罗右绕行礼时，因陀罗怎么也看不够，周身上下长出一千只眼睛。

他听到紧那罗们①诵唱你的

英勇事迹，心中充满妒忌，

但他掩饰表情，不露声色，

然而他的一千只眼睛看到

你的强壮的手臂汗毛竖起，

受到刺激而抑制不住流泪，

看似他装出满心欢喜样子。

十车王 （微笑）缚摩提婆啊，你紧紧跟随尊者众友，亦步亦趋。

谁能站在勇敢投身战斗的因陀罗面前？

他的金刚杵光圈照亮他圆柱般的手臂，

他将发红的眼光用作射向敌人的火箭，

仿佛是他胸中的满腔怒火喷出的火焰。

众友 （恭敬地触摸十车王的手臂）王仙啊，你这位婆私吒的
弟子！

即使因陀罗的幸运女神受到你的双臂

庇护，现在无所障碍，为此而赞颂你，

也不算什么。因为保护天女们脸颊上

---

① 紧那罗（kiṃnara）是天国歌手。

描绘的鳄鱼线条,向来是甘蔗族职责①。

十车王 尊者啊,你是奇迹的宝库!我们哪能与你比试辩
才?那些往世书故事手熟知无数故事,这样宣讲著名的
陀哩商古故事:

众天神胆战心惊,顶冠上红宝石
纷纷颤动,如同朝阳的光芒照耀
你的莲花脚,因陀罗看到你想要
改变世界秩序②,苦苦哀求劝阻你。

(微笑)

众天神迅速前来敬拜你,梵天乘坐的
天鹅速度缓慢而落在后面。我本可以
不停地讲述你的事迹,然而我不愿意
失去这个聆听你的甘露般话语的机会。

(双手合掌)尊者啊,请你开恩!人们的心对于愉快的对

---

① 印度古代妇女常用彩绘线条装饰脸颊。鳄鱼是爱神的坐骑,因而是爱
神的标志物。这里所说保护天女,实际上也就是说保护因陀罗和众
天神。
② 这里所说"改变世界秩序"是指众友仙人想让陀哩商古带着肉身升入
天国。

话从不知餍足。承蒙你光临,我的心儿载歌载舞,充满
对你的挚爱和尊敬,盼望获得你的嘱咐和恩宠。

众友 （微笑)十车王啊,我还用嘱咐吗?

国王啊,你的名声洁白犹如
蜕皮的蛇王,又如曼陀罗山
搅动的乳海,又如在黑半月
升起的月牙,装饰整个世界。

而现在,

你要让自己的名声大放光芒,让鹧鸪
误以为是皎洁月光而转动灵巧的舌头,
而你的光辉驱散黑暗时,也要让太阳
与四方保持友谊,依然在天空中运转。

我现在已经决定举行一次祭祀,因此,需要罗摩手持武
器,去一段日子,保护我的净修林。

大海借助乌云用雨水满足大地需求,
太阳借助朝霞用光芒驱散浓密黑暗,
而你应该借助罗摩用威力保护民众,
为他人谋福利确实是你天然的本性。

还有，

我们看到天王一次次战胜阿修罗，
大海中既定法则是大鱼吞食小鱼，
地下世界那些蛇则永远惧怕蛇王，
我们很幸运大地上有你这位国王。

十车王 （面露愁容，独白）众友仙人为世界解除忧愁和恐惧，他怎么会让我为与罗摩分离而苦恼？确实，月亮的光芒洁白如同芭蕉树，让所有人的眼中充满喜悦，却让莲花闭合。（思索）我怎么办？

如同龟王、蛇王、高山和方位象
支撑大地，罗怙族肩负世界重担，
如果在我出生之后，不再为他人
谋求福利，怎么还能够受到赞颂？

众友 （微笑）王仙啊，国王宠爱儿子只是因为辛苦抚养他们，而王子们应该为民众造福。这正如

耳朵用针穿孔会疼痛，
长久悬挂饰物会疲倦，
然而耳朵承受这一切，

耳环才能装饰这脸庞。

十车王 尊者啊,我有幸蒙受你的恩宠。而我是担心我的这个孩子乳臭未干,还没有操练过武器。

众友 (微笑)朋友啊,尊者婆私吒仙人已经教会他诵读吠陀经典,而我蒙受教师爷俱利舍湿婆的恩惠,能教会他弓箭术。

十车王 (克制感情,谦恭)尊者啊,罗怙族王子们的生命气息全都依靠你,更何况你要教会他们弓箭术!我认为这是你出于对太阳族的偏爱,因为你师从俱利舍湿婆,掌握使用神奇武器的秘术。

众友 你再也不要认为罗摩还是一个孩子,因为太阳初露曙光就能驱除弥漫天地的黑暗。

十车王 (微笑)尊者啊,你是俱希迦族的旗帜!谁有你这样雄辩的口才,能与你展开舌战?(密谈)缚摩提婆啊,你也听到了尊者众友说的这些话。

缚摩提婆 王仙啊,你为何询问我?

众友是求乞者,你是施主,
一场重大祭祀需要保护者,
如果罗摩成为这个保护者,
我们自然会完全表示赞同。

还有,

你肩负世界重担而劳累，
始终关注前来的求乞者，
让他们满足愿望露笑容，
而现在能让你获得休息。

尤其是，

你的家族导师婆私咤，
已经向你传递这信息，
要你满足求乞者愿望，
他凭神通预见这件事。

十车王　缚摩提婆啊，确实是这样！

苦行者禅定中的神通
视力超越时间和空间，
他们的思想四通八达，
能到达世界任何地方。

（思索，独白）

众友仙人请求我保护他的祭祀，
如果遭到我拒绝，他就会回去，

依靠自己的苦行威力排除祭祀
障碍,罗怙族的声誉便会衰落。

(面向众友)尊者众友,你是三界的导师!

如果你确实需要我的儿子
罗摩协助你完成祭祀仪式,
那么对于我们,大地女神
仍会保持忠于丈夫的品德①。

(面向幕后观看)喂!谁在这里?

(门卫进入)

门卫　王上有何吩咐?

十车王　去召唤罗摩来这里。

缚摩提婆　还有罗什曼那。

众友　(微笑)仙人啊,不需要分别召唤,月亮没有月光,不会
　　　升起。

(门卫下场,然后,罗摩和罗什曼那进入)

---

①　这里暗含的意思是罗摩以后会成为国王,即大地女神的丈夫。

罗摩 （喜悦）

他出于对众天神的愤怒，
　居然要建立另一种世界
秩序，造出新的七仙人
　星座，而经过众天神的
抚慰，他才让这个星座
　停留在原本的轨道之外，
他创造的这个奇迹已经
　成为流传的往世书故事。①

我应该怎样侍奉这位尊者？（绕行，观看前面，满怀喜悦）这第三个人，我的父亲和缚摩提婆谦恭地俯首站在他面前，肯定是尊者众友仙人。

罗什曼那 （惊讶，微笑）贤兄啊！

这位牟尼如此平静和值得信赖，
怎么他会一发怒就让世界恐惧？
像是大药草柔软、可爱和清凉，
而在黑暗中会突然间闪闪发光。

---

① 这里讲述的就是前面提到的众友仙人想要让陀哩商古带着肉身升入天国的故事。

罗摩 贤弟罗什曼那啊,大人物的行为就是这样神秘莫测,
　　　　令人惊奇。还有,

　　　　如果世界和天女们阻碍他的誓愿,

　　　　他准备加以惩罚,而受到众天神

　　　　俯首敬拜,他们头顶闪耀的珠宝

　　　　光芒会缓解或消除他的愤怒黑暗。

缚摩提婆 (看到罗摩,喜悦)怎么?罗摩已经来到!(面向
　　　　众友仙人)尊者啊!

　　　　那位鹿角仙人举行祭祀,

　　　　祭火中出现一罐牛奶粥,

　　　　梵的光辉转出四个形体,

　　　　其中第一位是大臂罗摩。①

众友 (喜悦,激动,观看)缚摩提婆啊,还用说什么?在林中
　　　　修行者中,鹿角仙人是最优秀的婆罗门。他不仅是杰出

――――――

① 　这里讲述鹿角仙人举行祭祀,祭火中出现一个人,将一罐牛奶粥交给
　　十车王。十车王将牛奶粥分给大王后憍萨厘雅和二王后吉迦伊,她俩
　　又把自己的一份牛奶粥匀出一半给小王后须弥多罗。这样,憍萨厘雅
　　生下儿子罗摩,吉迦伊生下儿子婆罗多,须弥多罗生下孪生子罗什曼
　　那和设睹卢祇那。这四个儿子均为毗湿奴的化身。

的梵仙①毗桀吒迦的儿子,也让王仙十车王成为父亲。

缚摩提婆 尊者啊,正是这样!

众友 (面向缚摩提婆)

> 凡是出生在摩奴世系的
> > 国王,婆私吒都会成为
> 他们的家族祭司,就像
> > 你这样指导他们的行为;
> 十车王也是其中的一位,
> > 而现在依靠鹿角仙人的
> 伟大苦行威力,生下
> > 这些儿子,维系甘蔗族。

(罗摩和罗什曼那走近前来)

缚摩提婆 两位孩子啊,向这位整个世界崇敬的大牟尼众友仙人俯首致敬!

罗摩和罗什曼那 (走上前来)尊者众友仙人啊,太阳族的罗摩和罗什曼那向你致敬!

众友 两位孩子啊,祝你们长寿!(说罢,伸臂拥抱他俩,汗毛竖起。然后,观察罗摩,深表敬佩。独白)

---

① "梵仙"(brahmarṣi)指婆罗门仙人。

现在，太阳族国王们将永久按照
婆私吒的教导保持世界繁荣昌盛，
大神毗湿奴分身为四下凡，成为
十车王家中罗摩为首的四个儿子。

还有，

你牢记十卷《梨俱吠陀》，
　　三堆燃烧的祭火的火舌
伴随着萨婆诃等呼告声，
　　舔食祭品，你满怀喜悦；
你躺在乳海海面，享用
　　祭品的众天神维护大地，
狂妄的十首魔王等罗刹，
　　将会受到你的严厉惩治。①

缚摩提婆　（微笑）两位孩子啊，这位尊者来到这里，要带走
　　你俩。

罗摩和罗什曼那　我们怎样让这位尊者和我们的父亲高兴
　　满意？

十车王　（怀着父爱和骄傲带领两个儿子，开口说了句"尊者

---

①　这首诗中的"你"，既指毗湿奴，也指他的化身罗摩。

众友啊",话音就在喉咙口被忧伤堵住,望着缚摩提婆)

缚摩提婆 这是罗摩和罗什曼那。(说罢,把他俩交给众友
仙人。众友仙人恭敬地接受他俩)

(幕后传来号角声。缚摩提婆听到吉祥的号角声,
满怀喜悦,安慰十车王。幕后又传来歌手的话音)

歌手 但愿中午时分让王上心情愉快。因为现在

太阳的光芒照遍所有一切,
人影儿缩短似地上的乌龟,
鹿儿们躺在沼泽地,享受
象王嘴中喷出的清凉水雾。

还有,住在檀香树树洞里的那些蛇,

听到赞颂你的话音犹如尝到甘露,
装饰蛇冠的毒牙已经失去了毒液,
蛇王的女儿们歌唱赞美你的品德,
兴奋激动而身上布满渗出的汗液。

众友 朋友十车王啊,歌手的诵唱符合实际,悦耳动听。

在海边山坡上,蛇少女们头顶承载珠宝,
缓慢晃动,蜕皮的身体兴奋激动而膨胀,
布满汗水,歌颂你的品德,分叉的舌头
发出含混的声音,听来更觉微妙而可爱。

(面露谦恭而又抱歉的微笑)王仙啊,现在到了准备举
行祭祀的时间。因此,我要告别这次愉快的聚会,先走
一步。

十车王 (望着罗摩和罗什曼那,眼中涌满泪水,说了句"尊
者啊"便喉咙哽噎而说不出话)

缚摩提婆 (激动)尊者众友仙人啊,你就启程吧!祝你以及
罗摩和罗什曼那这两个孩子一路吉祥平安!

(所有人起身道别)

众友 也祝你们吉祥平安!

(罗摩和罗什曼那跟随众友仙人下场)

十车王 (叹出深长的热气)缚摩提婆啊,现在我的亲爱的儿
子罗摩受到众友仙人的宠爱,就像我受到他的宠爱一
样。他对罗摩怀有一种不可言状的特殊好感。

是否他与我分离会伤心，
也让众友仙人感到伤心？
或者他感觉新奇而高兴，
也让众友仙人感到高兴？

缚摩提婆 （微笑）王仙啊，对罗摩的爱，你和众友仙人之间
怎么能有什么区别？你看！

大海依随月亮而潮汐涨落，
这是出于父子之间的亲情，
而白莲与月亮无亲缘关系，
是出于纯洁的天性而亲密。①

十车王 （思索）确实是这样。

蕴藏珠宝的乳海不是同时也搅出
甘露、憍斯杜跋宝石和珊瑚树吗？
为什么它们不是这样？月亮成为
白莲好友，确实存在别样的因缘。

（观看前面）尊者啊，罗摩和罗什曼那已经走出我们的视

---

① 月亮是搅乳海搅出的珍宝之一，因此大海是月亮的父亲。白莲白天闭
合，而在夜晚月亮照耀下绽放。

线了！现在,我要去安慰王后憍萨厘雅,她会为儿子离去而伤心。

（所有人下场）

第一幕终。

第二幕

（众友仙人的弟子修那赫舍波上场）

修那赫舍波 （观看前面）

饱含甘露的月亮已失去活力,黑暗笼罩
四方,犹如烟雾笼罩闪耀光芒的太阳石,
光辉的太阳现在尚未发热燃烧,顷刻间
吸引莲花中的蜜蜂,犹如磁石吸引铁屑。

还有,

空中那些星星闪烁浅白的光芒,犹如
成熟的葱头,东方开始渐渐露出激活
莲花的曙光,蜘蛛网般的月亮在清晨
失去光芒,正从空中下降,亲吻西山。

（观看四周）

装饰四方顶冠的红宝石太阳
连同光芒花环还隐藏在山后，
湖泊中已传出蜜蜂的嗡嗡声，
询问莲花夜里是否睡得舒服。

还有，

现在，宝石太阳已经放射出两三道光芒，
犹如为东方佩戴莲花瓣耳饰，莲花准备
开始呼吸，那些蜜蜂纷纷从花苞中飞出，
减轻莲花负担，让莲花绽开，爽快呼吸。

还有，

东方空中布满发光的红色微尘，犹如
附近因陀罗的坐骑大象头顶上的朱砂，
看似经过工巧大神修整的太阳①这时候
正在升起，它的光圈围绕天王因陀罗。

---

① 按印度神话，工巧大神把女儿商孃（saṃjñā）嫁给太阳，而她不能忍受太阳的灼热，于是，工巧大神用转轮削去太阳的八分之一，以降低太阳的热量。

(观看前面)怎么这个东山顶冠的宝石太阳还没有装饰天空?我们的导师众友大祭司准备举行祭祀,吩咐我去采集柴薪。我得赶快去采集。(绕行)

(众友仙人的另一位弟子波修梅达罗惊慌地上场)

波修梅达罗 修那赫舍波啊,我遇到一件神奇又可怕的事!

修那赫舍波 (惊讶地转过身来)朋友波修梅达罗啊,什么神奇又可怕的事?

波修梅达罗 我今天听说一个名叫罗摩的刹帝利少年来到这里。我好奇地跑去看他。而一直竖立在净修林边上的那座石头雕像已经变成一个真实的妇女,突然走近我。我吓得赶紧逃跑,也不顾树皮上衣掉落在身后。

修那赫舍波 (微笑)朋友啊,好极了!你很幸运,能活着跑回来。

波修梅达罗 贤友啊,你要保护我,别让那个女罗刹吃了我。
(浑身颤抖,拜倒在修那赫舍波脚下)

修那赫舍波 (微笑,扶起和拥抱他)朋友啊,你应该听说过尊者乔达摩大仙的合法妻子阿诃利雅。

波修梅达罗 我听说过,遮那迦家族的祭司舍陀南陀就是她的儿子。你接着往下说。

修那赫舍波 以前因陀罗破坏她的贞洁,乔达摩仙人发怒,让她的所有感官失灵。现在,凭借罗摩的威力,她摆脱了感官的黑暗状态。① 因此,你不必感到害怕。

波修梅达罗 (睁开双眼,观看四周)贤友啊,蒙受你的恩惠,我又回到生命世界。而我直到现在还没有消除焦虑引起的灼热。就让我们在这里休息一会儿吧!

修那赫舍波 朋友啊,作为婆罗门,怎么会害怕呢?你要振作精神。

(两人坐下)

波修梅达罗 (休息片刻后,面露惊讶)怎么尊者因陀罗也会像鹿那样受到感官对象的幻影②迷惑?

修那赫舍波 (微笑)你说得很对。这个世界微不足道,而人们怎么会浪费这么多日子,贪婪地品尝这个世界,感觉快乐。没有人具有分辨力,能控制双眼,不受感官对象迷惑。天王因陀罗有一千只眼睛,而一旦眼睛迷上什么,其他所有感官都会受爱神摆布而骚动。

波修梅达罗 (微笑)我想正是因为罗摩来到这里,这位牟尼的妻子的苦行功德得以产生功果。

---

① 按印度神话,因陀罗迷恋乔达摩(gautama)仙人的妻子阿诃利雅(ahalyā),趁乔达摩仙人外出沐浴,乔装成这位仙人,来到他家,与阿诃利雅同床。乔达摩仙人发现后,诅咒阿诃利雅变成石像,直至接触到罗摩的脚,才恢复原形。这里讲述罗摩来到净修林,他的脚接触到这个石像,阿诃利雅得以复活。

② 此处"幻影"的原词是 mṛgatṛṣṇā,词义为鹿渴,指在阳光照耀下,形成发亮的幻影,焦渴的鹿以为是水。

修那赫舍波　这当然是其中第一个原因。

波修梅达罗　贤友啊,我很想听你说说其他的原因。

修那赫舍波　朋友啊,我有什么不会告诉你? 在积私紧陀山,有个猴王名叫波林,是因陀罗的儿子。他最初与罗刹十首王罗波那结下友谊。猴、熊和猿的导师占波梵与大臣们商量后,对他这样说……

波修梅达罗　(微笑,好奇)他说什么?

修那赫舍波　他这样说:王上啊,罗刹诡计多端,尤其是罗波那奋力与天王因陀罗交战,因而他是你的父亲的敌人。还有,你曾经把他夹在自己腋下,剥夺他的威力,以致他不能征服世界①。因此,他不可信任。而且,如果你想要征服附近地区,他远隔大海,也不能及时前来援助你。这个罗刹王与其他王国结仇,又使用阿修罗的手段对付天神。还有,以月牙为顶饰的湿婆对待仙人补罗私底耶的两位后裔②的态度便是最好的例证——

以公牛为坐骑,以骷髅项链
为脖颈装饰,灰烬涂抹身体,
身穿象皮衣,即使住在朋友
俱比罗那里,仍是这副模样。

---

①　罗波那狂妄自大,不可一世,曾经来到积私紧陀山,想要征服波林。而波林把他夹在腋下,在空中飞行四方,然后返回,释放了他。

②　仙人补罗私底耶(pulastya)的两个后裔指十首王罗波那和财神俱比罗。

波修梅达罗 嗨,这头老熊善于提供忠告,还连带着说笑话。后来呢?

修那赫舍波 然后,猴王波林嘲笑占波梵是老人嚼舌,而在占波梵的默许下,大臣吉萨陵的儿子哈努曼带着王子须羯哩婆①前往难以攀登的哩舍牟迦山。

波修梅达罗 (激动)贤友啊,这位风神之子②公认是三界中的大力士。

修那赫舍波 正是这样。

波修梅达罗 (疑惑)尽管事实如此,但主子总归是主子,高尚的哈努曼怎么能背弃主子,追随他人呢?

修那赫舍波 (微笑)朋友啊,安遮那之子哈努曼曾经跟随太阳神学习语法。而须羯哩婆是太阳神的儿子。因此,哈努曼与老师的儿子结为知心朋友,这也是报答老师的恩情。

波修梅达罗 (喜悦)是的,他追随老师的儿子,与他结伴同行,这完全正确。后来呢?

---

① 须羯哩婆(sugrīva)是猴王波林的弟弟。按《罗摩衍那》,波林曾与阿修罗东杜毗的儿子摩耶波交战,摩耶波逃进山洞,波林也追进山洞。须羯哩婆在洞口等候了很长时间,不见波林出来。后来,鲜血流出洞口,须羯哩婆以为波林已被杀死,于是用石头堵住洞口,独自回家。大臣们便让他继承王位。其实,波林没有战死,流出洞口的是被波林杀死的摩耶波的鲜血。波林回家后,恢复王位,并由此与须羯哩婆结下冤仇。

② 哈努曼(hanumat)的父亲虽然是吉萨陵(kesarin),但他是风神允诺他的母亲安遮那(añjanā)祈求,让她受孕生下的儿子,因此,他实际是风神的儿子。

修那赫舍波　后来,罗刹王听说朋友家族内部出现分裂,便
　　委派伽罗、突舍那和底哩尸罗婆三位大臣率领部分军队
　　驻扎在北边海岸,随时准备支援波林。

波修梅达罗　这个罗刹王倒是很讲义气!

修那赫舍那　朋友啊,还用说什么?这个罗波那确实如此。

　　　这位楞伽王为了取悦他人,甚至
　　　浑身毛发竖起,砍去自己的脑袋,
　　　而其他九个脑袋看到第十个脑袋
　　　孤单可怜,刹那之间又重新长出。①

波修梅达罗　(好奇)后来呢?

修那赫舍波　后来,须吉杜的女儿,名叫陀吒迦,是一个具有
　　千头大象力量的女罗刹②。她出于对人间生活的好奇,
　　离开罗波那的军队,现在就住在我们这里附近。

波修梅达罗　我从来没有听说过具有千头大象力量的女性。
　　后来呢?

修那赫舍波　后来,我们的导师害怕这个女罗刹骚扰他举行

---

① 这里实际是讲述十首王罗波那曾经修炼严酷的苦行一万年。每满一
　千年,他就向梵天献祭自己的一个脑袋。满一万年,他准备献祭第十
　个脑袋时,梵天出现,答应赐予他恩惠,即任何天神都不能杀死他。同
　时,梵天让他的前几个脑袋复原。梵天赐予罗波那的这个恩惠中埋有
　伏笔,因为罗波那后来被人间英雄罗摩杀死。

② 须吉杜(suketu)是一个药叉。他的女儿陀吒迦(tāḍakā)性格暴戾,因
　侵扰投山仙人的净修林而遭到诅咒,成为女罗刹。

吠陀祭祀,便把罗摩和罗什曼那带来这里。

波修梅达罗　我明白了,罗摩来这里是为了降伏罗刹。

修那赫舍波　朋友啊,正是这样。Rāmabhadra① 这四个音节具有惩治罗刹的咒力。尤其是现在尊者众友仙人已经教会罗摩使用蕴含梵光的神奇武器的咒语。

波修梅达罗　我认为与这种使用神奇武器的咒语一起,众友仙人也会把自己超凡绝伦的能力传给他。

修那赫舍波　正是这样。

波修梅达罗　而我想要说,既然众友仙人自己具有能力,也掌握使用神奇武器的咒语,为何不自己降伏罗刹,而要让罗摩扬名?(微笑)这好比借助客人的手杀死家中的毒蛇。

修那赫舍波　朋友啊,你不理解这一点。老师的弟子超凡出众,更能增加老师超凡出众的名声。你看!

老师指派自己的弟子完成任务,
弟子显示的才能证明老师水平,
正如大海让遍布的乌云取走水,
能证明自己是储藏珠贝的宝库。

波修梅达罗　贤友啊,你确实很有口才!我还想要向你求教。

---

① 此处的 rāmabhadra 是罗摩(rāma)的称号,其中的 bhadra,词义为吉祥、幸运或快乐。

修那赫舍波　求教什么？

波修梅达罗　贤友啊，你怎样知道猴子们的六种策略①？这是他们保守的秘密。

修那赫舍波　朋友啊，我前往阿逾陀城时，从尊者众友仙人口中得知这一切，因为他凭借禅定获得的神通视力，能看到三界所有一切。（观看四周）啊，清晨已经降临三界！

太阳闪耀鲜艳如同红宝石的光芒，
伴随着太阳石的光辉，装饰东方，
笼罩在浓密黑暗中的世界刹那间
摆脱阴影，无须清洗而洁净明亮。

还有，

莲花花苞吸足夜晚的黑暗，
现在绽开，释放成群黑蜂，
犹如珠贝吸足白色的海水，
现在产生一颗颗晶莹珍珠。

还有，

---

① "六种策略"(ṣāḍgunya)指六种外交策略：联盟、战争、进军、驻扎、离间和求援。

莲花绽开、闭合又绽开，

绽开之时常常难以察觉，

而只要见到受蜜蜂敬拜，

也就知道莲花已经绽开。

（昂首观看天空）

太阳的光芒即使炽烈，也为那些

受离愁烧灼的轮鸟带来舒适清凉①，

太阳也为世界上所有那些被黑暗

蒙蔽的眼睛涂上光芒而清澈明亮。

因此，我要采集柴薪去了。

波修梅达罗　我渴望见到那两个刹帝利王子。在哪里能见到他俩？

修那赫舍波　（微笑）他俩现在在祭场北边玩耍。因此，你去那里，肯定会见到他俩。

（两人下场）

（插曲终）

---

① 按印度古代传说，轮鸟夜晚分离，白天团聚。

（然后，罗摩和罗什曼那上场）

罗摩　尊者众友仙人的这座净修林多么奇妙！

这些弟子长期辛苦劳累为这头牛犊喂草，
而现在面露嘲笑，要宰杀它，用作祭品，
祭祀厅那边传来一阵阵煮熟的食品香气，
来到这里的客人们掀动鼻孔，嗅闻品味。

罗什曼那　贤兄啊，就是在这里，

毗湿奴胸前的憍斯杜跋
宝石如同绽开的蓝莲花，
他亲自修炼严酷的苦行，
化身为聪明狡黠的侏儒①。

这个净修林是大圣地，
婆罗门们居住在这里，
无所畏惧，自由活动，
履行他们的六种职责②。

---

① 阿修罗钵利夺得三界统治权，毗湿奴化身侏儒，向钵利乞求三步之地。钵利答应他的请求。于是，这个侏儒的身躯顿时变得巨大无比，迈出两步就跨越天国和人间，而第三步将钵利踩入地下世界。
② 婆罗门的"六种职责"（ṣaṭkarma，"六业"）指婆罗门诵习和传授吠陀，祭祀和为他人祭祀，施舍和接受施舍。

(观看另一处)贤兄啊！

你看！家主们聚集的净修林多么可爱，
优昙树丛围绕献祭动物的祭台，表明
他们经常举行祭祀，向祭火投放稻谷，
以致让天王因陀罗感到宝座发生动摇①。

罗摩 贤弟啊，过来！仙人们聚集在这里举行净化仪式，让
我们大饱眼福。

他们一起聚集这里，
头顶发髻形成森林，
这些发髻看来像是
全身脉管汇集头顶。

还有，

他们每天清晨和黄昏，
完成圣洁的拜火仪式，
身体修炼苦行而日益
瘦削，仿佛想要离去。

———————

① 这里意谓举行祭祀能积累功德，一旦功德超越因陀罗，便威胁因陀罗
的天王地位。

（两人绕行）

罗什曼那　（微笑）贤兄啊，你看，这里的情形多么可爱！

　　仙人的妻子们担心鹿儿吃掉
　　祭供的稻谷，举着棍棒驱赶，
　　而这些鹿儿却仰脖嗅闻棍棒，
　　那些仙人站在一旁看着发笑。

罗摩　（绕行，好奇和感动）贤弟啊，看这里！

　　这头母鹿刚生下小鹿，在院子
　　祭台附近吃草，同时望着小鹿，
　　苦行者儿子们满怀慈爱，手中
　　拿着谷粒，正在喂食这头小鹿。

　　还有这里，

　　苦行者的儿子们在地上各处
　　撒下谷粒，蚂蚁们正在采集，
　　净修林的路面上形成一道道
　　优美的线条，令人赏心悦目。

罗什曼那 啊,这些动物多么爱护自己的幼崽! 啊,这些少
年多么热心做善事!

罗摩 (观看别处)

> 按照牟尼的吩咐,这些
> 拘舍草已经被割过一茬,
> 现在再次长得柔嫩碧绿,
> 附近的小牛犊正在舔食。

(两人绕行)

罗什曼那 (观看别处)贤兄啊!

> 这条激流沿着各处树坑周围的
> 沟渠流淌,每一处都停留一下。

罗摩 贤弟啊,这也很好看!

> 每个树坑周围沟渠中都充满了水,
> 水中也泛起波纹,犹如美女卷发。

> 来吧,我们观看一会儿这条圣洁的憍希吉河,而让我们
> 的身心获得净化。(绕行,观看)有时,后天获得的性质

会胜过先天具有的性质。

即使河流天生清凉、纯净和甜美，

吸引人们感官，然而这里净修林

河流岸边，现在这些白藤树鲜花

盛开，芳香弥漫，更加可爱迷人。

罗什曼那　贤兄啊，你沿着憍希吉河岸朝前看！

这些仙人弟子一向努力

　　提升自己的智力和体力，

正在浇灌这些波罗奢树，

　　它们永远像在春天那样

可爱，那些嫩芽的形状

　　似狮子爪尖，仿佛成为

象钩，保护苦行林免遭

　　那些野象象鼻任意侵害。

（幕后传来话音）

罗摩啊，你观赏这里的净修林，有助于实现你的愿望。

而现在，

太阳的光芒增强祭祀的效力，
苦行者们念诵莎维德丽颂诗，
我们的导师举行中午的祭祀
仪式，希望你能来到他身边。

罗摩 （没有听见，继续满怀深情观看）

他们每天沐浴三次，依靠林中野生植物
维持生命，身穿鹿皮衣或树皮衣，即使
蒙住眼睛，也能看到人们看不见的一切，
这些有福的苦行者的圣洁行为令人喜悦。

（幕后传来与上面相同的话音）

罗摩 （倾听，激动，昂首观望）怎么？太阳已经登临天空中
央！尊者众友仙人已经完成日常祭祀仪式。让我们到
他身边去吧！

（两人绕行）

罗什曼那 （观看周围）贤兄啊，你看！

在炽烈的阳光照射下，那些太阳石

如同闪耀火光,地面干燥,田兔们
停止鸣叫,火辣辣的阳光刺激眼睛,
这炎热的中午让四方变得空空荡荡。

这里离祭场很近,我们就坐在这棵无花果树树荫下观
看那些祭司。等炎热的白天结束,我们去看望尊者众友
仙人。

罗摩 就这样吧!

（两人绕行,坐下）

罗什曼那 （观看身边）

太阳让那些光芒在空中
游戏后,现在渐渐下降,
看啊,仿佛有人将树影
从根部那里慢慢地拉长。

罗摩 （观察四周）贤弟啊,中午已经逝去,白天也快要结束。

驾驭太阳之车的马匹
清晨艰难地登上东山,
升入空中,而在此刻,

轻松迅捷地降下西山。

罗什曼那　贤兄啊,现在罗刹们就要出现。这正是尊者众友
　　吩咐他的弟子修那赫舍波召唤你来到祭台附近的原因。

罗摩　(愤怒和自豪)贤弟啊,如果是这样,那么,

> 这张弓像劫末的死神那样可怕,
> 我要用它消灭阻碍祭祀的罗刹,
> 在肃清大地上的所有罗刹之前,
> 就让今天成为吉祥平安的一天。

罗什曼那　(微笑)贤兄啊,你的心儿如此激动,渴望消灭罗
　　刹,甚至认为众友仙人目光短浅。

> 众友仙人已经彻底灭除
> 无知的根源,凭借他的
> 神奇视力,已将过去和
> 未来的时间都汇入现在。

罗摩　还用说什么? 尊者众友仙人,

> 他虽然完全知道梵的本质,
> 但出于自我娱乐,按照为

家主们制定的规则,举行
这些得以升入天国的祭祀。①

还有,

在因陀罗俯首敬拜时,他仿佛沐浴
在因陀罗头顶的曼陀罗花环流淌的
蜜汁中,收回建立新的世界秩序的
想法,创造陀哩商古星座这个奇迹。②

罗什曼那 (观看前面,激动)

这位以举行吠陀祭祀
实现自己目的的仙人,
你看啊,我们的导师,
向我们这里走过来了。

(众友仙人身穿举行祭祀的服装上场)

罗摩 (看到众友仙人,满怀尊敬)贤弟罗什曼那啊,你看!

---

① 这里罗什曼那和罗摩的对话,意思是众友仙人现在从事这些世俗的祭
祀活动,只是为了追求人生的最高目的解脱,即达到梵我同一。
② 参阅前面第一幕中提到众友仙人创造陀哩商古星座之事。

> 显然我们的导师正在
> 举行祭祀,他的苦行
> 威力也由此获得增加,
> 因而他愈发光彩熠熠。

众友 (绕行,喜悦)嗨,我已经完成大部分任务。因为

> 满足众天神愿望的祭祀已经
>   完成,女罗刹陀吒迦和她的
> 儿子今天也会被杀死,然后,
>   甘蔗族罗摩会以拉断湿婆的
> 神弓作为聘礼,与那个少女
>   牵手成婚,接着他离开这里,
> 前去完成众天神为他安排的
>   任务,我们也都会高兴满意。①

> (罗摩和罗什曼那起身,迎上前去)

众友 (久久凝视罗摩,怀着慈爱和好奇)

> 他身穿游戏服装而手中持弓,

---

① 这里预示罗摩将要诛灭女罗刹陀吒迦,然后他会与悉多结婚,最后会诛灭十首魔王罗波那。

我感觉仿佛甘露浇洒我的心。

罗摩和罗什曼那　（走近）十车王的儿子罗摩和罗什曼那向
　　你致敬！

众友　（拥抱他俩）两位孩子啊，我还能怎样祝福你俩？

你俩已经保障天王因陀罗的安全，
他已经达到完全执掌王权的目的。

（罗摩和罗什曼那低头默默听着）

众友　（微笑）两位孩子啊，你俩已经观察这里所有地方。我
　　希望我们的这座苦行林让你们感到可爱，这里仙人们的
　　生活也让你们感到愉悦。

罗摩和罗什曼那　（谦恭）尊者啊！

谁有资格能分辨这座
苦行林可爱或不可爱？
而我俩今天看到之后，
心中已经超越这两者。

（说罢，他们按照规矩坐下）

众友 （满怀深情,微笑)两位孩子啊!

以前化身侏儒的那位牟尼
在这座苦行林里修炼苦行,
我看到你俩就像看到了他,
苦行者们今天也开了眼界。

(罗摩和罗什曼那顿时心情激动)

众友 （独白)我已经让他俩记起自己的前生,激发他俩的勇
气。这已经足够了。现在我要转移话题。(望着西方,
高声)清晨犹如东山番红花丛中的蔓藤,太阳犹如蔓藤
上最鲜艳的花簇,方位美女①们怀着好奇,依次接手传
递,现在已经传到西方。

太阳光线红似母驴耳朵,黑暗渐渐侵蚀,
犹如母驴耳边的黑色旋毛,树顶上那些
迦陵频伽鸟鸣声迷人,仿佛在吟诵戏剧
开场的献诗,太阳正在收回自己的光线。

还有,

---

① "方位美女"(digaṅganā)是将方位拟人化。

为了用吠陀颂诗净化
海水，这个由三吠陀
构成而命名为太阳的
发光体现在沉入大海。

罗摩 （观察四周）贤弟罗什曼那啊！

那些方位受灼热的阳光
长时间烘烤，已经渐渐
变黑而消失，现在西方
也变得与其他方位一样。

还有，

这里净修林庄严肃穆，现在祭火的
烟雾弥漫，分不清屋顶和四周围墙，
我们听到那些弟子在压榨苏摩汁①时，
竞相诵读吠陀，声浪一浪高过一浪。

众友 孩子罗摩啊！

---

① 苏摩汁(soma，或称苏摩酒)作为天神喜爱的饮料，是祭神的供品。

世界万物的影子白天分散各处，
现在全都汇集一起，大海周边
以及弥卢山宝石山坡闪闪发光，
黑暗笼罩的大地同样令人喜爱。

罗什曼那 （谦恭）

无论闪闪发光，或黑暗
笼罩，都是同一个世界，
创造主创造的原本就是
这样一个绚丽多彩世界。

（观察四周）

毒蛇顶冠的珠宝在蛇洞中闪闪发光，
太阳石的火焰已经进入轮鸟们心中①，
两边的那些灯光刺破黑暗，仿佛是
白天和黑夜交替之时碰撞出的火光。

罗摩 （观看）

---

① 按印度古代传说，成双结对的轮鸟在夜晚分离，因而心中燃起离愁
之火。

眼睛能够看见的世界已经消失，
太阳已经离去，唯有四方站立，
视力失效成为人们恐惧的原因，
对象只能凭借熟悉的声音辨认。

还有，

啊，各处的白莲花绽放！
啊，鹧鸪吸吮甜蜜月光！
因为唤醒莲花丛的太阳
已经前去亲吻西山顶髻。

浓密黑暗犹如密集的
蛀虫，噬咬天空木板，
那些不断掉落的木屑，
成为空中闪烁的星光。

　　　　（幕后传来喧嚣声，所有人激动，倾听。
　　　　　　然后，幕后传来话音）

她深陷的眼窝中转动着
　　　恐怖的血红眼珠，舌头
不停舔着牙齿之间人的

　　　　筋骨,张开的嘴中冒出
火焰,因此在黑暗之中
　　　　也能看清她的一举一动,
这个陀吒迦,就像兀鹰
　　　　那样可怕,在空中盘旋。

苏波呼和摩哩遮为首的
罗刹们泼洒大量的鲜血,
灌满三个祭火坑,现在,
他们已经团团包围我们。

众友　(惊讶)怎么? 是陀吒迦! 孩子罗摩啊!

你怎么就这样等着,让她
破坏我们的祭祀吗? 赶快
手持弓箭,去杀死陀吒迦
以及苏波呼为首的罗刹们!

罗摩　(心生怜悯)尊者啊,这个妇女……

(幕后传来话音)

快来人啊,快来救我们啊! 众友仙人啊,我们快要被罗刹们打败了！赶快派罗摩带着弓箭前来吧！

罗摩　（微笑,望着幕后)小仙人修那赫舍波啊,你坚持一会儿!

不要打扰我们的导师,这是
小事一桩,我听从你的吩咐,
众友仙人对你这个正法弟子,
就像自己的儿子摩杜占陀斯。

众友　（微笑)孩子啊,别再交谈了! 否则,我们的这座净修
林就要被毁掉了。

罗什曼那　（焦急,独白)

众友仙人已经吩咐他,
贤兄怎么还迟疑不决?
因为听从导师的话语,
也就是遵行经典法则。

罗摩　（独白)

听从导师的命令,即使
杀死妇女也不违背正法,
我只要闭上一忽儿眼睛,
也就能克服羞耻的感觉。

但是，

民众们出于好奇会长期议论，
如同大张旗鼓宣告我不光彩，
我们的家族导师婆私吒通体
闪耀光辉，会为我感到羞愧。

（幕后传来话音）

你们这些傻瓜，立即
停止在这里举行祭祀！
看看我们的锋利刀刃，
这通向天国唯一途径。

罗摩　（听后满怀愤怒，激动地起身，双手合掌）尊者啊，你是
三界的导师！

我出生在十车王的家庭，如果我挽弓
射死一个妇女，会给太阳族沾上污点，
这就是我在此刻心中犹豫不决的原因，
而你的话激发我担起维护正法的责任。

（然后，拜倒在众友仙人脚下）

苦行者啊,别担心,别害怕!

我是罗摩,来到这里就是
为了消灭罗刹军队,我的
这张弓的威力相当于众友
仙人的拘舍草尖上的水滴。

(说罢,罗摩为弓上弦,下场)

罗什曼那 (担心,独白)很幸运,贤兄担负起刹帝利的职责,
没有虚度自己的少年时代。(观看幕后,喜悦,高声)尊
者众友仙人啊,你看贤兄手中持弓,

发出风神之箭,陀吒迦之子苏波呼中箭,
支撑不住,气殒命绝,陀吒迦也被射穿,
众仙人望着这个死去的女罗刹,既怜悯
又厌恶,既好奇又恐惧,既欢笑又愤怒。

众友 (观看)孩子罗什曼那啊,我惊喜至极,简直说不出话。
或者,我能说什么?这确实不只是你们今天显示的威力。

你们的名声传遍四方,染白天空,你们是
罗怙族后裔,真正的英雄,威力众所周知,

你们游戏般举弓诛灭那些阿修罗王,以致
因陀罗擅长为天女们的胸脯描画彩绘线条。

罗什曼那　尊者,你看!

他现在已经彻底消灭这支罗刹军队,
为了侍奉你,他已完成刹帝利职责。

（罗摩上场）

罗摩　（困惑）

太阳、婆私吒和众友,他们是
罗怙族三位导师,即使我服从
这位大牟尼的命令,已经杀死
这个妇女,但我并不感到快乐。

（望着净修林）

祭火的烟雾增强受到月光侵蚀的黑暗,
眼前一切模糊不清,苦行少年们清洗
树皮衣,晾干后,明天再穿,客人们
入睡,这些苦行者住处让我好奇兴奋。

无价的罗摩

（观看前面）

那些鹧鸪越来越兴奋，它们的目光
增加月光的亮度，心儿啊，别泄气！
月亮会保证莲花眼女郎会见心上人，
它的光芒如同甘露涂抹我们的眼睛。

月亮的光芒渐渐扩展，柔软似藕丝，
正在实现让那些蓝莲花①闭合的誓愿，
月光染白那些山峰，仿佛世界显现，
黑暗大海惊慌不安，泛起白色泡沫。②

（忧郁）

如果今天月亮不出现在东山山顶，也无关
紧要，因为那些光芒照样会驱除浓密黑暗，
让人们眼睛喜悦，白莲花香也会弥漫四方，
而即使它出现，也只是为展现自己的标记。③

---

① 蓝莲花指白天绽放而夜晚闭合的莲花。
② 这首诗中，以大海比喻黑暗，同时暗喻曼陀罗山搅动乳海而泛起泡沫。
③ 这首诗中，以月光暗喻军队，以月亮暗喻军队统帅。"标记"指月亮表
面的斑点，在这里暗喻军队的旗帜。

（喜悦）

这个月亮已经升起,用番红花汁涂抹天空,
它能与眉毛优雅的妇女脸庞媲美,它也让
月亮宝石渗出水珠,月中鹿儿①受到天女们
欢迎,尽情吞食她们招待它的柔嫩达薄草。

还有,

这些清凉的月光为自己的出身而骄傲,
因为与舍姬胸脯上的番红花粉相关联,②
装饰因陀罗的城市,舔食盲目的黑暗,
照亮四方,遍布大地,空间变得明亮。

还有,

这个尊贵的月亮还未升入高空,虽然只差
半由旬③距离,然而它的光芒爱抚白莲花丛,
驱除大地周围的黑暗,捕捉它们,或囚禁

---

① 按印度古代传说,月亮中的斑点或阴影,一说是鹿儿,另一说是兔子。
② 舍姬(śacī)是天王因陀罗的妻子。这里指月光与番红花的黄色花粉色泽相似。
③ "由旬"(yojana)是印度古代长度单位,一由旬大约相当于十二三公里。

在山坡密林中,或锁定在这里那里阴影中。

(观看明亮的月光)

月光净化黑暗大海,留下地面上的阴影,
犹如迦多迦果①净化池水,留下池底淤泥,
或者,月光似木匠用斧子砍伐天上树林,
黑暗似树皮从天空掉落,成为地上阴影。

(绕行,观看一侧)

这里枝叶繁茂的树下,
月光如同芝麻和稻米
散落地面,那些鹧鸪
兴奋地使用尖喙叼食。

(思索)

天啊,月光驱除笼罩三界的黑暗,
却仍让黑暗留在那些轮鸟的心中,
而那些鹧鸪凝视着月光接连不断

---

① 按印度古代传说,迦多迦果(kataka)能净化水质。

进入它们,解除它们饥饿和黑暗。

而现在,

在东方,月亮释放强烈光芒,
催促水池中那些白莲花绽放,
也让周围那些月亮宝石渗出
许多水珠,仿佛聚合在一起。

(绕行,昂首观看)

月亮中有个污点,像多摩罗幼树
那样乌黑柔软,人们说这是斑点,
这不足凭信,它显然是被残忍的
罗睺牙齿咬过而留下的伤痕印记。

还有,

空中布满的月光仿佛是凿子开凿时
散落的粉尘,那些星星是较大颗粒,
工巧大神曾经用转轮清除太阳表面
污点,那么,他也会清除月亮污点。

罗什曼那 （观看四周）

> 空中星星在漆黑之夜繁多，
> 在明亮之夜稀少，我相信
> 天空如同熔炉，黄昏火焰
> 将那些星星熔化而成月亮。

> （微笑）嗨，凡事都有法则！

> 月亮如同黄昏时来到的客人，恢复我们
> 被黑暗剥夺的视力，而莲花不欢迎月亮，[①]
> 因此，月亮便将自己的污点转移给莲花，
> 而取走莲花如同美女脸庞的容颜归自己。

众友 （观看四周）天啊，世上人们不知晓至高真谛，总是被
那些好听的名称欺骗。

> 四方明亮，白莲绽放，鹧鸪吸吮月光，
> 犹如吞饮甜美牛奶粥，嗨，这个月亮
> 产生于阿特利仙人眼中黏液[②]，怎么会
> 获得"甘露光"美称而广受人们宠爱？

---

① 这里的莲花指蓝莲花。
② 按印度神话，月亮产生于阿特利仙人（atri）的眼睛。

（看见罗摩，喜悦，微笑）怎么？这个孩子游戏般战胜陀吒迦，现在回来了。而他却心中感到羞愧，不立刻走近我。（面向罗什曼那）孩子罗什曼那啊，这次发生的事件为我们今天的夜晚增添美色。你看！

> 罗摩消灭众罗刹，犹如月亮
> 驱除黑暗，出现在我们面前，①
> 现在，牟尼们睁大眼睛看他，
> 犹如水池中的白莲竞相绽放。

罗摩 （思索）

> 月亮产生于乳海，而让所有的大海欢喜，
> 出生于阿特利眼睛，而让所有眼睛欢喜，
> 它也是因陀罗祭品罐中的苏摩汁，而让
> 众天神欢喜，确实，月亮盼望皆大欢喜。

（羞涩地走近众友仙人）向尊者众友仙人致敬！
众友 （满怀慈爱和敬意，拥抱罗摩）孩子罗摩啊！

> 祭祀能为祭祀者带来功果，

---

① 这里罗摩的名字使用的是罗摩的称号 rāmacandra，词义为罗摩月，因而在这首诗中也用作双关词。

英雄啊,但愿你保护我们!

罗摩　我恭听导师的吩咐。

众友　(擦拭罗摩在战斗中沾染尘土的脸颊)孩子啊,我现在心神不安,担忧那些罗刹会侵扰我的好友希罗达婆遮①正在举行的祭祀。

罗摩　(怀着敬意)尊者啊,这位名叫希罗达婆遮的人是谁?你称他为好友。三界中难得有人能有幸从你这里获得这个称呼。

众友　孩子啊,你听我说!在毗提诃国,有座城市名为弥提罗。

罗摩　人们传说那里的两桩奇事:一桩是没有哪个国王能挽开那张湿婆的神弓,另一桩是有一个生于犁沟而不是生于子宫的女子②。

众友　(微笑)正是这样。

罗摩　(好奇)那里的情况怎么样?

众友

那里的国王希罗达婆遮,

向他的老师耶若伏吉耶

---

①　"希罗达婆遮"(sīradhvaja)是毗提诃国国王遮那迦(janaka)的称号,词义为以犁头为旗徽。

②　这是指遮那迦王的女儿悉多(sitā),传说遮那迦王曾经为祭祀准备场地,在平整土地时,从犁沟中获得这个女儿。悉多是 sitā 的音译,词义即犁沟。

学会吠陀本集，而这位
老师的老师则是太阳神。

罗摩　（喜悦，密语）贤弟罗什曼那啊，我长久以来满怀好奇，渴望见到以月牙为顶饰的湿婆的这张神弓。

罗什曼那　（微笑）还有那位不从子宫出生的高贵少女。

罗摩　（生气，而又微笑）你怎么这样随意取笑我？（面朝众友仙人）尊者啊，你是我们甘蔗族的导师！你希望我们为你做什么？

（所有人绕行，下场）

第二幕终。

第三幕

（内侍上场）

内侍 （老态龙钟，迈出几步，气喘吁吁，自我嘲讽）

肢体衰弱，声音嘶哑，还要
奉承主人，我成了喜剧演员，
我的白发成为油彩，已活到
这把年纪，还能演出什么戏？

（观看前面）啊，这是侍候悉多的迦罗杭希迦。

（迦罗杭希迦上场）

迦罗杭希迦 老伯，我向你致敬！
内侍 孩儿啊，我为你祝福！

迦罗杭希迦　老伯啊,好久不见,你去了哪里?

内侍　(思索)我为何不告诉你? 你也知道,尊者众友仙人带着两个非凡的少年来到这里,看望正在举行祭祀的遮那迦王。

迦罗杭希迦　是这样,老伯啊! 但我很想知道这两个少年的名字和出身的家庭。

内侍　孩儿啊,我这就告诉你!

　　伟大的太阳族世系中,有位无往不胜的
　　十车王,世界之主,一旦他举起锐利的
　　武器,就会让阿修罗的妻子们发出哀叹,
　　以致天王因陀罗不必再拿起他的金刚杵。

　　这位国王的两个儿子
　　名叫罗摩和罗什曼那,
　　他还有两个儿子名叫
　　婆罗多和设睹卢祇那。

迦罗杭希迦　我们家里也有公主悉多、乌尔弥拉、曼吒维和舍鲁多吉尔蒂。(思索,喜悦)这些王子也出身高贵家族。(停留片刻,叹出深长热气)我们能这样幸运吗?

内侍　孩儿啊,别担心! 受到天神和婆罗门关照,一切都会顺利。

迦罗杭希迦　后来呢？

内侍　后来,后宫里的老妇人拜托我去观察这两个太阳族的王子。我回来后,祭司乔答摩召唤我,吩咐我敬拜幸运女神,为公主们祈福。

迦罗杭希迦　（喜悦）老伯啊,舍陀南陀①的话符合大家的心愿。

内侍　孩儿啊,正是这样。这位祭司出身安吉罗仙人家族,从不随意轻率说话。

迦罗杭希迦　你觉得罗摩能应对提出的严厉条件,挽开那张湿婆神弓吗？

内侍　孩儿啊,这也是我们心中思考的事。

现在祭祀已经完成,罗刹已被消灭,

众友仙人也知道迎娶弥提罗城公主

要以勇力为聘礼,否则他怎么会把

十车王的爱子从遥远地方带来这里？

迦罗杭希迦　（仿佛想起什么事,担忧）老伯啊,公主已经听到一些消息,我看到她玩耍木偶,排遣心中的郁闷。我来这里打听情况,而一见到你,忘了这件事。现在你提到岁刹,我想起这件事。

---

① 舍陀南陀(śatānanda)也就是上面一句中提到的乔答摩之子。

内侍 （担忧）孩儿啊,什么事让公主闷闷不乐?

迦罗杭希迦 十首王派遣他的祭司前来求娶悉多。

内侍 （面露轻蔑,然后微笑）悉多怎么会知道这件事? 这个
消息又怎么会让她闷闷不乐? 确实,她的身体已经受到
所有的祝福,现在到达青春年华。

迦罗杭希迦 （微笑）老伯啊,确实是这样。你德高望重,对
你说话,我不怕害羞,现在要告诉你这个情况。

　　我的女友们幼稚而说话无所顾忌,
　　告诉我说公主今天不让她的一对
　　木偶睡在一起,但她也没有停止
　　游戏,而将布罗迦花蕾紧贴脸颊。

内侍 （喜悦）我能长寿,活到今天,看到公主进入青春期,真
是幸运啊! （微笑）后来呢?

迦罗杭希迦 后来,她们当面取笑她,让她感到羞愧。

内侍 （微笑,好奇）孩儿啊,她已经到达这样的年龄阶段。

　　少女们甚至不敢相信自己的心,
　　爱神成为她们的秘密外交大臣。

迦罗杭希迦 （羞涩）老伯啊,你说得妙极了,符合所有人的
感受。

内侍　孩儿啊!

青春期全身会变得柔软可爱,仿佛
身上各处的坚硬全都集中到双乳上,
就在这时她们变得大胆,爱情萌发,
难道还有什么比这样的少女更甜美?

迦罗杭希迦　正是这样! 你没有听到其他什么消息吗?

内侍　孩儿啊,这件事还没有传到王上的耳中。即使他听说
　　了,又会怎么样?

迦罗杭希迦　那个该死的罗波那会娶走公主!

内侍　(微笑)

即使他是三界征服者,就能
与遮那迦的女儿牵手成婚吗?
那张湿婆神弓威力胜过任何
强壮的手臂,便是一大障碍。

刹帝利勇士毗提诃王绝不会背弃自己的诺言,迁就十首
王。因此,不会出现这样的事。

迦罗杭希迦　(叹息)但愿如此。老伯啊,罗摩和罗什曼那现
　　在在哪里?

内侍　现在他俩在神殿的祭台上。

> 罗摩和罗什曼那正在抚慰
> 众友、遮那迦和舍陀南陀，
> 仿佛亲自依靠知识和祭祀，
> 获得升入天国和最终解脱。

> 来吧，我俩已经交谈很久，现在一起去后宫吧！

（两人下场）

（插曲终）

（然后，遮那迦、众友和舍陀南陀以及
罗摩和罗什曼那上场）

遮那迦　（喜悦）尊者众友仙人啊！

> 今天能消除我们找不到合适女婿的烦恼，
> 你的到来仿佛阴天放晴，带给我们快乐。

还有，

今天祭火在我的国土上享用祭品，

成排火苗向右旋转，在你的光辉

照耀下，祭司舍陀南陀完成祭祀，

放下祭勺，给我们带来安宁繁荣。

众友　朋友遮那迦啊，你的国土永远安宁繁荣！

你通晓梵的真谛，成为统治这里的国王，

而你的家庭祭司舍陀南陀为你完成祭祀。

（微笑）现在，我们要做的事是消除你找不到合适女婿的

烦恼。还有，烦恼和喜悦对你来说，只是世俗生活习惯。

瑜伽行者耶若伏吉耶传承夜柔吠陀的

泰帝利耶学派，他教会你吠檀多哲学①。

罗什曼那　（私语）贤兄啊，这位是毗提诃国王遮那迦，我们

从导师口中得知他的崇高品质和神奇事迹。

罗摩　（兴奋激动）贤弟啊，他是《百道梵书》故事中的著名人物。

他摆脱尘世执著，尊者耶若伏吉耶向他传授白夜柔吠陀。

众友　（凝视片刻）

---

① 吠檀多哲学（vedānta）的宗旨是梵我同一。

> 他把一千头牛赠送给胜过
> 其他苦行者的老师①,他是
> 太阳神的信徒,善待客人,
> 我们侍奉这位弥提罗国王。

遮那迦 (谦恭)尊者啊,你别这样说。在这方面,你更加优
秀杰出。我的名声完全依仗尊者耶若伏吉耶的教导,他
是太阳神的弟子,杰出的瑜伽行者。

众友 (微笑)伟大的瑜伽行者啊!

> 你是怎样的人? 耶若伏吉耶是怎样的人?
> 甚至智者们也难以说清你们的真实性质,
> 由于你们之间持续不断的师徒传承关系,
> 吠陀经典得以扩充,形成数以千计分支。

舍陀南陀 尊者啊,确实是这样! 这些圣人的崇高名声传遍
三界。

遮那迦 (面露尴尬的微笑)尊者啊!

> 我长久以来怀着对你的敬仰和好奇,
> 希望聆听你的话语,净化梨俱吠陀

---

① 此处"老师"指耶若伏吉耶。据《大森林奥义书》第三章,遮那迦王举行
祭祀,将一千头牛赠送给在场的婆罗门中最优秀的智者耶若伏吉耶。

颂诗,涤除世界的罪恶,今天听到
你这样赞扬我,我心中感到很不安。

请你别再这样说了!(双手合掌,举到头顶)

众友 (微笑,按下遮那迦合掌的双手)朋友遮那迦啊,不要
这样合掌敬拜,我不再说了。但愿你能兑现让挽开湿婆
神弓者成为你的女婿的诺言!

罗什曼那 (私语)贤兄啊,仙人们相遇,互相称赞他们的崇
高品质,他们的交谈多么可爱,净化人心。

罗摩 贤弟啊,你说得很对。

他们为世界谋求利益而传承
吠陀,我们由此得知他们的
崇高地位,然而,唯有他们
自己真正理解彼此至高威力。

遮那迦 (喜悦)我备受尊敬。

所有的娑摩吠陀颂歌,涤除里里外外
污垢的梨俱吠陀颂诗,还有夜柔吠陀
祭祀规则,你们的祝福显示诸多成果,
听来仿佛我女儿的夫婿现在就在这里。

众友 （会心的微笑）朋友遮那迦啊，正是这样。

> 超越今世和彼世忧愁的三吠陀，好比是
> 遥远而不可企及的空地，已经获得开垦，
> 通过聆听把握吠陀光辉，涤除里外污垢，
> 婆罗门的话语是其中精髓，怎么会出错？

舍陀南陀 （独白）确实，尊者已经认定罗摩将成为遮那迦的女婿，一次次暗示还不明白的遮那迦。好吧！为了挑明这事，我就假装不知情，向尊者提问。（高声）这两个少年中的瑰宝是谁的儿子？他俩犹如毗湿奴胸前的憍斯杜跋宝石和吉祥乩字①。

众友 （微笑，独白）好极了，舍陀南陀！你为我提供了一个台阶，方便我直接进入这个话题。（高声）朋友舍陀南陀啊，这是迦俱私陀族的两个王子。

舍陀南陀 （仿佛认出的样子）

> 十车王的名声像世界唯一的快速祭马
> 周游大地，他为求取儿子而举行祭祀，
> 众天神作为客人来到他那里，毗湿奴
> 亲自来到便是他举行祭祀获得的成果。②

---

① "吉祥乩字"指毗湿奴胸前乩字形状的胸毛。
② 十车王的四个儿子是毗湿奴分身下凡。

因此,这不就是十车王的两个儿子罗摩和罗什曼那吗?
你教会他俩使用神奇武器的咒语,由此诛灭女罗刹陀吒
迦。他俩为你消除祭祀遇到的障碍,以此酬谢你这位
导师。

众友　正是这样。

遮那迦　(怀着慈爱和敬意看罗摩和罗什曼那)

舍陀南陀　其中哪个是罗摩,哪个是罗什曼那?

众友　(指着罗摩)舍陀南陀啊!

> 十车王的四个儿子犹如太阳族刹帝利
> 世系茉莉花环上不褪色的花簇,这个
> 是长兄罗摩,是他结束了陀吒迦黑夜,
> 带来清晨,他堪称善行芭蕉树的树根。

(指着罗什曼那)那个是罗什曼那。

舍陀南陀　尊者啊,多么幸运! 婆私吒仙人培养的刹帝利家
族繁荣昌盛。

遮那迦　(微笑)尊者啊,很好。你能来到我们眼前,在这里
游乐消遣。

> 以前陀哩商古受到咆哮的天王因陀罗羞辱,
> 点燃你的怒火,举行以三界为祭品的祭祀,
> 梵天惊恐不安,俯首以奉承的话语劝阻你,

他仿佛故意装作年迈体衰而说话结结巴巴。

但愿还有其他人保护你的祭祀。

舍陀南陀　王仙啊,正是这样。准备举行祭祀者不必发怒,
他们需要获得刹帝利保护。

遮那迦　(观察罗摩和罗什曼那,喜悦,私语)尊者舍陀南陀啊!

即使我住在太阳神弟子、我的导师家中,
即使牟尼众友来到我的家中,我心中也
没有像见到十车王这两个儿子这样高兴,
我甚至也忘却了以前觉知梵光时的喜悦。

舍陀南陀　王仙遮那迦啊,确实是这样。我一见到这两个王
子,心中就不由自主想起公主悉多和乌尔弥拉。

遮那迦　(面向众友)尊者啊!

正当青春年华,容貌俊秀,
英姿焕发,显露英雄气概,
啊,我一看到这两位王子,
心中的愿望仿佛翩翩起舞。

众友　(逗趣)朋友遮那迦啊,那么,你说说你想要实现的心
中愿望!

遮那迦　（忧虑）

　　这个显赫的家族祖先是太阳神，
　　婆私吒为他们宣讲吠陀和正法，
　　自然是人们心目中向往的亲家，
　　可是我提出的聘礼条件很严酷。

罗摩和罗什曼那　（私语）你看，他们在说我们的事。

众友　（微笑）王仙啊，如果面临的障碍只是聘礼，那你一点
　　儿也不用担心。

遮那迦　（忧虑，思索，密谈）尊者舍陀南陀啊！

　　即使牟尼众友已知道
　　求娶悉多的聘礼条件
　　严酷，却这样轻松地
　　回答，让我迷惑不解。

　　或者罗摩能为湿婆神弓上弦，
　　或者我提出的聘礼条件落空。

舍陀南陀　别这样说！

　　即使这张湿婆神弓难以对付，

你提的聘礼条件也不会落空，
罗怙族这位王子的行为已经
表明他天生具有勇猛的威力。

遮那迦 （面向众友）尊者众友啊，我一直在捉摸你的话，直
到现在也还不明白你的意思。

众友 （微笑）那么，你就让我们看看这张湿婆神弓，罗摩本
人会说明一切。

罗摩 （喜悦，独白）我怎么能抱有不切实际的幻想？尊者提
出要看看这张神弓，显然是为了满足我的好奇心。

这位国王肯定会这样想：
"这位大仙确信这个少年
能够完成这件事。"我担心
大仙不知最后会怎样回应。

遮那迦 （仿佛停留片刻，叹出深长的热气）尊者啊，我怎么
会这样幸运，得到你的护佑，能将悉多嫁给罗怙族王子
罗摩，实现我长久以来的愿望。

罗摩 （羞涩）

遮那迦

因陀罗已把保护三界的任务移交给国王们，

他的弓不再上弦,而变成彩虹,即使那些
国王双臂经常挽弓上弦而留下疤痕,涂抹
麝香膏,然而见到这张神弓,却无可奈何。

众友 朋友遮那迦啊,你积累大量功德,为何小看自己?

你是这样幸运,我们能在这里
亲眼看到喜庆婚礼。即使那些
英勇的国王能够保障世界安全,
他们也不能够与罗摩相提并论。

罗什曼那 (独白)导师说的话怎么正是我心中想说的话?

遮那迦 尊者啊,如同摩尼珠、咒语和药草等,罗怙族的王子们
确实具有不可思议的威力。但是,我要告诉你这个情况。

这张神弓能征服三界,是梵天按照
湿婆的要求,用众天神的光辉制成,
毗湿奴成为它的箭,蛇王成为弓弦,
阿修罗们的三座城市成为它的靶标。①

舍陀南陀 嗨,你何必这样吹捧这张湿婆神弓?我完全相信

---

① 这里指湿婆曾经用这张弓摧毁阿修罗的金城、银城和铁城。

众友仙人的话,对于罗摩,有什么事不能办到?

他准备用数以千万计罗刹作为祭品,
现在依靠童年时结为朋友的那些箭,
已将陀吒迦作为点燃他勇气之火的
柴薪,他毫无疑问也会战胜十首王。

（幕后有个侍从走来）

侍从 王上啊,十首王的祭司名叫绍湿迦罗,求见王上。

舍陀南陀 （激动）那就让他进来吧!

（侍从下场）

罗摩 （失望,私语）贤弟罗什曼那啊,怎么这个邪恶的罗刹
前来打断我们敬拜湿婆神弓的喜庆活动?

罗什曼那 还不止这样……（没有说完,笑了起来）

罗摩 （以慈爱而又生气的目光斜视罗什曼那）

（绍湿迦罗上场）

绍湿迦罗 （观看每个人,独白）怎么,我们的仇敌众友在这里
受到遮那迦和舍陀南陀礼遇?（思索）这个该死的,就让他

在这里吧！（观看右边）嗨,这两个刹帝利梵行者①是谁?

他俩身体显示功德和富贵,体现英勇味,
然而又佩戴着圣线等饰物,体现平静味。

这两个少年确实天生高贵。

他俩在这三位仙人身边,
看似充满咒语的阿达婆
吠陀在梨俱吠陀、娑摩
吠陀和夜柔吠陀的身边。

（思索）啊,这就是那个可恶的罗摩和他的弟弟罗什曼
那,跟随众友仙人来到弥提罗城。（愤怒和忧伤）啊,须
吉杜可怜的爱女陀吒迦!怎么这样一个人间少年会给
你带来这种噩运?天啊,这个出身阿那兰若②族的刹帝
利少年缺乏自知之明。

放箭痛饮阿修罗王孙陀之子③

---

① 梵行者(brahamacārin)指学习吠陀的学生。
② 阿那兰若(anaraṇya)也是罗摩的一位祖先,以前被十首王杀死。
③ 阿修罗王孙陀(sunda)是陀吒迦的丈夫。他的儿子也就是第二幕中提
到的被罗摩杀死的苏波呼。

鲜血,狂妄自大,不可一世,

得罪了十首王家族,也正是

这个少年帮助众友完成祭祀。

好吧,就让我看看这个少年的双臂究竟有多大威力!（走
近,高声）尊敬的遮那迦啊,你一切都安好吗?

遮那迦　罗波那的祭司,欢迎你! 这里请坐。

绍湿迦罗　（坐下）

遮那迦　罗波那王安好吗? 其实,

有你用阿达婆吠陀

为他消除一切灾厄,

我问候他是否安好,

这岂不是多此一举?

绍湿迦罗　智者遮那迦啊,楞伽王用他的圆柱般的手臂保护
住在他胸中后宫里的十四个世界的吉祥女神①。如果他
遇到什么麻烦,我们确实会为他排除。

千眼因陀罗在战斗中惊恐地逃跑,背后的

眼睛依然看到罗波那的英勇行为,而为了

---

①　按印度神话,世界分为地面以上的七重世界和地面以下的七重世界,
共十四个世界。吉祥女神象征王权。

征服蛇王地下世界,罗波那举起盖拉瑟山,

开辟通道,你看,有什么能给他带来灾厄?

罗什曼那 (愤怒,私语)贤兄啊,他怎么这样赞颂这个灵魂

邪恶的罗波那,千臂阿周那①和猴王波林不是都粉碎了

他的傲慢吗?

罗摩 贤弟啊,别这么说。他确实威力巨大。

即使千臂阿周那和猴王波林威力胜过他,

而十首王的肩膀确实了不起,一旦那些

脖子被砍断,便会布满碎骨,湿婆对他

表示满意,就用象皮衣边拂去那些碎骨。②

还有,

这位十首王在战斗中,能让因陀罗可怕的

金刚杵失效,因此他征服三界,享受天国,

而且,他也驯服了可爱而轻浮的吉祥女神,

将她限制在手臂森林中,不让她四处游荡。③

---

① "千臂阿周那"(sahasrabhujārjuna)即国王迦多维尔耶(kārtavīrya),他
曾打败和俘虏十首王。

② 这里指罗波那为了向湿婆求取恩惠,砍断自己的脖子,奉献头颅。湿
婆对他表示满意,恢复他的脖子上的头颅。

③ 罗波那有十个脑袋,十双手臂,因此这里比喻为"手臂森林"。吉祥女
神象征王权,不固定属于某个国王,因此说她"轻浮"。

舍陀南陀 （面向绍湿迦罗）婆罗门啊，这位老罗刹王确实像
　　你说的这样。

绍湿迦罗 王仙遮那迦啊！

　　　　湿婆是阿修罗三城的敌人，
　　　　　　而为了求取恩惠，罗波那
　　　　用手臂游戏般砍下一个个
　　　　　　头颅，湿婆对他表示满意，
　　　　于是让这些头颅重新长出，
　　　　　　而这些头颅羞于开口求乞，
　　　　互相推诿："你求取恩惠吧！"
　　　　　　怎么能说尽罗波那的威力？

　　　　正是他本人委派我来到
　　　　你这个受祭司舍陀南陀
　　　　保护的家族，求娶那位
　　　　非子宫出生的公主悉多。

众友 朋友遮那迦啊，你看，你看！王子罗摩一心盼望着看
　　到那张湿婆神弓。

遮那迦 （微笑）

　　　　尊者啊，我不必再重复说过的话，

甘蔗族和毗提诃族都听从你吩咐。

绍湿迦罗　遮那迦啊,难道我的话都白说了? 或者,对我提
出的这件事,你难以作出决定,而不回答? 你看!

你的女儿肯定要嫁出去,

　　　而楞伽王的手臂很容易

制伏三界,现在他向你

　　　求亲,你怎么会像傻瓜,

瞪眼观望着什么? 确实,

　　　我们在平时交谈中说起

摩哩吉等仙人,他们都

　　　夸奖你的行为纯洁崇高。

舍陀南陀　婆罗门啊,我们很快就会给你一个回答。
绍湿迦罗　嗨,如果不给我们这位公主,还用说什么?
舍陀南陀　那么,听着!

谁能挽开湿婆神弓,

为它上弦,让我们

感到高兴,他就是

接受悉多的幸运者。

绍湿迦罗

> 用一百个手指拔起盖拉瑟山，
> 证明他的手臂威力似金刚杵，
> 伟大的十首王是湿婆的信徒，
> 他怎么会做这种不合适的事？

舍陀南陀 （微笑）婆罗门啊！

> 遮那迦王出生在伟大的
> 刹帝利家族，恪守诺言，
> 若十首王不能挽开神弓，
> 你也就知道我们的回答。

绍湿迦罗 （愤怒）

> 十首王是大神湿婆信徒，
> 其他所有国王微不足道，
> 以挽开湿婆神弓为聘礼，
> 悉多啊，你会得到什么？

舍陀南陀 （愤怒）婆罗门啊，这张神弓教会你应该懂得谦恭
有礼，因为从今天开始，罗波那才变成湿婆信徒。

嗨,这是你的十首王! 随心所欲
伸展手臂拔起盖拉瑟山,而那是
大神湿婆的居处,如今需要挽开
这张神弓,他就变成了湿婆信徒!

（除了绍湿迦罗,所有人发笑）

舍陀南陀 （佯装愤怒）

罗摩啊,你挽开这张神弓,为它上弦,
弓弦上沾有以前湿婆前臂涂抹的灰烬,
让自恃勇武而头脑发热的国王们脸色
变黑,如同手臂上被弓弦磨出的疤痕。

绍湿迦罗 （愤怒）舍陀南陀啊,难道你疯了,竟然当着我们的面羞辱十首王? 你怎么会鄙弃十首王,而赏识一个人间少年,如同抛弃红宝石,选择红垩? 或许,你就像你的母亲阿诃利雅抛弃乔答摩仙人,爱上长有一千只小乌龟眼睛的因陀罗。

舍陀南陀 （愤怒,嘲笑）你说什么? 嗨,你在我们面前怎么这样说话?

众友 （仿佛既关心又生气）舍陀南陀啊,别再耍嘴皮争吵了! 这位十首王的导师毕竟是我们的客人。（看到罗摩

和罗什曼那忧虑不安,微笑)孩子罗摩啊,遮那迦家族祭
司已经吩咐你去挽开那张神弓。

罗摩　我听从导师吩咐!

(谦恭,羞涩,好奇,罗摩和罗什曼那一起绕行,下场)

绍湿迦罗　王仙遮那迦啊,你很幸运。以前,罗波那祭拜大
神湿婆,接连砍下自己的九个头颅。

　　最后一个头颅看到湿婆面对这样的
　　崇高举动,不知应该怎样赐予恩惠,
　　这个头颅便求取获得三界,以解除
　　湿婆的困惑,现在它也这样请求你。

舍陀南陀　(起身,观看幕后,又惊又喜)诸位请看!

　　大神湿婆的这张神弓,蛇王是弓弦,
　　一旦湿婆拽拉弓弦至耳边,蛇王便
　　成为湿婆的耳饰,而一旦射出了箭,
　　蛇王随即成为湿婆前臂上的装饰物。

遮那迦　(焦急不安)

舍陀南陀　罗摩正在挽开这张湿婆神弓。

（幕后传来嘈杂声，所有人焦急地观看。

然后，幕后传来话音）

震聋梵天的八只耳朵，八方发出回音，

遍及湿婆的八种形态，震撼八座大山，

震瞎八个蛇王的眼睛，我的贤兄这双

强壮手臂拉断神弓，发出巨大轰鸣声。[1]

遮那迦 （喜悦，忧伤，惊奇）怎么竟然会拉断了？

舍陀南陀

罗摩拉断了湿婆的金刚杵般的神弓，

发出威慑敌人的响声，在空中回荡，

在悉多的婚礼上，祭司们念诵祝福

祷词，妇女们鼓动脸颊发出欢呼声。[2]

绍湿迦罗 （沮丧，惊讶）哎呀，邪恶的刹帝利的火花甚至也

能让湿婆发热出汗。

遮那迦 （喜悦，拜倒在众友仙人脚下）尊者众友仙人啊！

————————

[1] 梵天有四张脸，因而有八只眼睛。湿婆的八种形态指地、水、风、火、
空、太阳、月亮和祭司。

[2] 这里可以理解为拉断神弓的响声预示悉多婚礼上的祝福声和欢呼声。

　　　　罗摩凭借自己的品德赢得了公主悉多,

　　　　也让乌尔弥拉和罗什曼那结婚成家吧!

众友 　(微笑)朋友遮那迦啊,只要你喜欢就行。

舍陀南陀 　(在遮那迦耳边悄悄说话后)尊者众友仙人啊,是
　　　我首先宣布罗摩挽开湿婆神弓的好消息,你就满足我的
　　　一个愿望吧!

众友 　(微笑)你有什么愿望? 我会满足你。

舍陀南陀 　我希望婆罗多和设睹卢祇那娶下遮那迦王的另
　　　外两个女儿曼吒维和舍鲁多吉尔蒂。

众友 　那就这样吧!(拉住舍陀南陀的手,微笑)我们应该做
　　　好一切准备,邀请十车王来这里。

遮那迦 　那么,我们就请尊者舍陀南陀去邀请我们的朋友北
　　　憍萨罗国十车王来这里。

众友 　好吧!

舍陀南陀 　(起身)尊者啊,还有什么吩咐吗?

众友 　你要办的就是这件事,快出发吧!

　　　　　　　　(舍陀南陀下场)

众友 　(喜悦,独白)

　　　　罗摩游戏般地挽开湿婆神弓,

　　充分表明他具有勇力,无愧
甘蔗族后裔,不让毗提诃王
　　诺言落空,现在,让我们去
看我们的这位朋友家中怎样
　　准备这场婚礼喜庆节日活动,
今天,我们的心愿终于能在
　　甘蔗族和弥提罗族开花结果。

绍湿迦罗　　(羞愧,愤怒,傲慢)遮那迦啊,判断人的优秀方面,依靠积累的知识,而非依靠年龄。十首王求娶你捡到的那个非子宫出生的女儿,你虽然也是上了岁数的人,却缺少智力,不予考虑。(面朝牟尼)众友仙人啊,现在为时未晚,趁楞伽王还没有对你犯下杀死陀咤迦的罪过进行报复,你还有很好的机会。

众友　　(蔑视)

遮那迦　　尊者众友仙人,来吧!长久以来,许许多多假冒的弓箭手前来求娶公主悉多,让我烦恼至极。现在,我要享受一下罗摩月亮脸带给我的清凉光芒。因为除了接触月光,没有其他什么能消除白莲长时间受炽烈的阳光烧灼的痛苦。

　　　　　　　(两人起身,绕行)

绍湿迦罗 （痛苦，望着远处）啊，可怜的悉多，你多么不幸！
即使罗波那想要娶你，你也无权决定。

你依附他人，怎么样才能让你
成为三界吉祥女神的同夫妻子？①
我们甚至不知道你的家人是谁，
因为你神奇地从地面破土而出。

（针对遮那迦发怒）

罗刹王的那些手臂如同
　　金刚杵，故事手们已经
诵唱它们许多英勇事迹，
　　因陀罗的大象看到这些
手臂受惊吓，颞颥液汁
　　枯竭，只剩下花环作为
装饰品，天国蜜蜂也就
　　将它看作是普通的动物。

正因为他有这些手臂，

---

① 吉祥女神象征王权，因此被说成是国王的妻子，这样王后便成为吉祥
女神的同夫妻子。

你受骗以为与善人结为
亲家,这也算不了什么!
因为公主悉多最终仍会
落到十首王罗波那手中。

(观看幕后,斥责)

在天女们的拂尘扇动下,罗波那
铁闩手臂芳香洁白名声传遍四方,
遮那迦的公主是这位三界之主的
心上人,罗摩啊,你休想得到她!

(思索,独白)啊,这件事很严重。我先要告诉大臣摩哩
耶梵,然后禀告楞伽王。

(所有人下场)

第三幕终。

第四幕

（摩哩耶梵上场）

摩哩耶梵　（呵欠，揉眼）啊，夜晚已逝去，天亮了。

太阳渐渐醒来，月光遇到灼热阳光而疲弱，
四周明亮，破除轮鸟夫妻生活禁忌，树顶
鸟窝中乌鸦纷纷发出鸣叫，却又感到害怕，
继而辨认出这些全都是自己同类的鸣叫声。

还有，

太阳是所有方位的心上人，现在东方美女
装扮后，等候着与他相会，看啊，太阳石
纷纷闪耀火光，世上人们度过安然入睡的
夜晚，那些轮鸟和白莲也都没有受到打扰。

(观看四周)啊,这个都城受到十首王锁链般手臂的保
护,所有市民过着快乐的生活。

空中明珠太阳从东方升起,放射光芒,
破除浓密的黑暗,这里有个少女出来,
擦拭着指导她欢爱的情人胸脯,上面
留有她自己身上描绘的鳄鱼图案印痕。

还有,

光芒和熙的太阳仿佛成为喜剧演员,
逗得莲花丛露出笑脸,那些莲花眼
女郎突然看见自己身上的彩绘线条
反向印在情人胸脯,顿时汗毛竖起。

这里,

这些妇女离开情人的家,互相率着手,
谈论指甲印痕和汗毛竖起这些私密话。

(观看另一处)这里也很有趣。

清晨,女友们询问这位新婚少女夜间

秘密,她满脸羞涩,闭嘴不愿意回答,
而女友们为她的双乳描画彩绘线条时,
精彩啊,上面的指甲印痕透露了秘密!

(思索片刻)天啊,祭司受罗波那委托前去求娶悉多。我
听他讲述了迦俱私陀族王子的非凡事迹。从那一刻起,
我始终心神不定。

在人间世界怎么会出现这样的
神奇威力?这绝不会无缘无故!
哎呀,正是十首王的种种行为
让我忧心忡忡,整夜不能合眼。

还有,

十首王听到了弥提罗城
    出现这种奇迹的坏消息,
他的那些脑袋故意掩藏
    内心的忧虑,只是朝着
那个方向笑了笑,即使
    他的手拽拉天国后宫中
佩戴花环的天女们头发
    而芳香,也不让我高兴。

(思索,望着远处)天啊,我活得这么长久,经受磨难。

从前他狂妄自大,藐视凡人,向梵天
求取恩惠,选择无往不胜,而将凡人
排除在外,现在恰恰成为他致命要害。
哎呀,不要这么说! 他毕竟是十首王。

(思索)嗨,弥提罗王不明事理!

他的心已经被众友控制,
　　不愿意与我们结为亲家,
他怎么能够无视古老的
　　补罗私底耶和其他牟尼?
在因陀罗顶冠上宝石的
　　照耀下,十首王的那些
月牙形脚趾变得更明亮,
　　而他却看不中这个女婿。

(观看前面)我派首哩薄那迦去了解弥提罗城里的情况,
她怎么耽搁这么长时间?

　　　　(首哩薄那迦上场)

首哩薄那迦　啊，我看到了罗怙族王子们的莲花脸，而且穿戴婚礼服装显得更漂亮。尽管我对自己幻化成人间女子很反感，但我达到了目的。啊，这才是品德的真正本质，即使他们属于敌人，也让人感到快乐。

摩哩耶梵　（看到她，满怀慈爱）怎么，这是首哩薄那迦？孩儿啊，我在这里，过来吧！

首哩薄那迦　怎么，我的舅公在楼阁顶上？天啊，各种难事压在他的身上！他睡不好觉，眼睛浮肿，接连不断张嘴打呵欠，看来他身负重任，心事重重。也可以说，大臣的负担比国王更沉重。尤其是我们的国王罗波那崇尚暴力，残酷无情。我知道舅公是在等候我，我这就过去。（走近）舅公啊，我向你致敬！

摩哩耶梵　孩儿啊，祝你吉祥平安！你坐下吧！十车王带着婆罗多和设睹卢祇那到达弥提罗城了吗？

首哩薄那迦　（坐下）舅公啊，十车王已经到达。在王子们举行剃发礼①时，我进入弥提罗城。

摩哩耶梵　（叹息）这显然表明现在公主悉多已经举行婚礼。

首哩薄那迦　正是这样。

摩哩耶梵　（思索）这是俱希迦族那个心术不正的刹帝利婆罗门②众友一手操纵的一场恶作剧。

---

① 剃发礼（godāna）即男子成人礼。
② "刹帝利婆罗门"指众友仙人原本是刹帝利，后来通过修炼苦行成为婆罗门。

他借口帮助他消除祭祀障碍，

　　请求年迈十车王把儿子罗摩

交给他，然后，他教会罗摩

　　使用武器的秘术，让他杀死

许多罗刹，接着又让他拉断

　　湿婆神弓，赢得了公主悉多，

确实，我们不知道这个无赖，

　　以后他还会让罗摩做出什么。

首哩薄那迦　舅公啊，正是这样。我也知道他曾经公然反对
　　婆私吒大仙。

摩哩耶梵　孩儿啊，即使他通过修炼苦行，成为婆罗门，但他
　　的刹帝利本性难移。还有，虽然罗摩本性温柔，但是这种
　　有刹帝利、婆罗门和祭司三重身份的牟尼可能会带坏他。

学习知识旨在消除恶行的根源无知，然而，

跟随心术不正的老师学习，只能增长恶行，

犹如宝石的光芒能驱除黑暗和对蛇的恐惧，

而毒蛇顶冠上的宝石光芒则增长人们恐惧。

行了，何必再说这些？ 现在，我们应该考虑怎样帮助罗
刹王，他一心想要获得悉多。

首哩薄那迦　舅公啊，除了采取武力，没有别的办法。

摩哩耶梵　孩儿啊,别这么说!因为罗摩凭自己的勇力合法
　　赢得毗提诃公主,用武力劫夺她,会犯下大错。你看!

> 想到会让人觉得自己卖弄
> 　　双臂威力,他不轻举妄动,
> 想到会让人觉得自己渴望
> 　　与悉多牵手,感到羞涩而
> 迟疑不决,那些牟尼看到
> 　　他这样,会心发笑,吩咐
> 他行动,他才先敬拜神弓,
> 　　然后挽开它,乃至拉断它。

因此,我们怎么能赞同罗刹王采取暴力行动?

首哩薄那迦　(叹息)舅公说得很对。即使罗波那现在控制
　　着三界吉祥女神,但是,时间的威力巨大!

摩哩耶梵　还有,孩儿啊!

> 众友仙人教会他使用神奇的武器,
> 而拉断神弓成为众天神的喜庆日,
> 你要知道罗怙王的品德享誉三界,
> 而我们的权力会变得具有邪恶性。

首哩薄那迦　毫无疑问,正是这样。我已经亲眼看到那场盛

110

大的婚礼喜庆节日活动。

摩哩耶梵　正是这样,我们会自寻死路。也就是说,这位罗怙族王子怎么可能容忍我们进入弥提罗城强行夺走他的妻子? 如果他挺身抵抗,那里的城乡居民都会跟随他,何况他还有许多盟友和亲友! 常言道:"难以忍受的痛苦激发愤怒,由此产生的勇猛威力如同森林大火,而且会受到周围邻国支持。"

首哩薄那迦　(叹出深长的热气)舅公啊,有什么别的办法吗?

摩哩耶梵　孩儿啊,听着! 你了解这件事。林中动物的大臣名叫占波梵。他前往摩登伽净修林。那里有个名叫希罗婆那的舍钵罗①妇女,具有神通力。占波梵对她说:"积私紧陀山的猴王波林不关心臣民,他们生活艰苦,心怀不满,希望另立王子须羯哩婆为王,盼望甘蔗族王子罗摩能帮助他们。"

首哩薄那迦　他们怎么会盼望一个刹帝利少年帮助他们打败猴王波林? 后来呢?

摩哩耶梵　占波梵继续对希罗婆那说道:"哈努曼和耶若伏吉耶同为太阳神的弟子。现在,哈努曼敬拜仙人耶若伏吉耶,刚从弥提罗城回来。他说:'阿逾陀城吉迦伊派遣老女仆曼他罗前往弥提罗城打听婆罗多的消息,而在炽烈的阳光烧灼下,倒在路上。'因此,你就按照我说的话

---

① 舍钵罗(śabara)是山林部落名称。

去做。你进入曼他罗的身体,因为你有这种本领,而让哈努曼照看你自己的身体。然后,你去弥提罗城,取得所有人信任后,你就向十车王讲述我们编好的脚本。这样,王子罗摩不得不听从长辈的吩咐,前往弹宅迦林,那里充满泥沼、岩石、树木、荆棘和猛兽。作为一个陌生人,他为了完成自己的艰难任务,必定会同意杀死波林,而与须羯哩婆结盟。"

首哩薄那迦 舅公啊,那个编好的脚本是什么?

摩哩耶梵 (凑近她的耳朵)是这样……(说完)

首哩薄那迦 (发笑)啊,这头老熊真狡猾,足智多谋!

摩哩耶梵 住在弹宅迦林遮那斯坦地区的那些罗刹前来告诉我说:"那个舍钵罗女瑜伽行者敬佩须羯哩婆的品德,已经一切照办。"这样,占波梵的计谋也就容易获得成功。住在文底耶山密林中的毗罗陀等罗刹,趁罗摩在那里出外游荡时,很容易劫掠他的妻子。而十车王协助天神与阿修罗战斗,因陀罗赐予他破除幻术的咒语,因此,我们无法在他的身边施展幻术。

首哩薄那迦 (疑惑)那么,舅公啊,罗摩会投靠我们吗?

摩哩耶梵 (微笑)不错,孩儿啊,你的见解符合老人的想法。但是,常言道:"如果国王贪图投靠者的妻儿,那么,就会让周边归属他的国王惶恐不安,起而合力消灭他。"而且,罗摩具有天赋的威力,绝不会求助我们庇护。

首哩薄那迦 我要告诉你另一件事,不知罗摩会怎样处理。

摩哩耶梵　毫无疑问,世上那些崇高的伟大人物厌弃王权享
　　乐,展现超凡绝伦的形象。

首哩薄那迦　我想到的另一件事可能对我们有帮助。

摩哩耶梵　(喜悦)什么事?

首哩薄那迦　我离开遮那迦王的城市时,听说多次杀尽刹帝
　　利的那个持斧罗摩①忌恨罗摩拉断湿婆神弓,已经来到
　　那里。

摩哩耶梵　他来得正是时候。

国王阿周那身体强壮,曾用手臂挡住

那摩陀河水,留有许多鳄鱼牙齿印痕,②

持斧罗摩将他祭供自己的斧子③,这位

牟尼怎么会无视自己导师神弓④被拉断?

然而,即使他的斧子沾有许多刹帝利国王脖子的鲜血,

也难以战胜罗摩。

---

① 持斧罗摩(paraśurāma)是婆罗门仙人阁摩陀耆尼的儿子。刹帝利国
　王迦多维尔耶曾来到阁摩陀耆尼的净修林,抢走如意牛。持斧罗摩杀
　死迦多维尔耶。后来,迦多维尔耶的儿子们趁持斧罗摩不在净修林的
　时候,杀死阁摩陀耆尼。持斧罗摩怒不可遏,杀死迦多维尔耶的儿子
　们后,周游大地,先后二十一次杀尽大地上的刹帝利。

② 阿周那也就是迦多维尔耶。他曾与后宫嫔妃一起在那摩陀河(narmadā)
　中嬉戏,他用手臂挡住河水,因而手臂上留有被鳄鱼咬伤而留下的疤痕。

③ 这句的意思是持斧罗摩杀死迦多维尔耶。

④ 持斧罗摩曾在雪山修炼苦行取悦湿婆,湿婆对他表示满意,赐予他斧
　子等神奇武器。

首哩薄那迦 （忌恨）这个刹帝利少年乳臭未干,舅公却这样
推崇他!

摩哩耶梵 孩儿啊,你还不懂。

这是汇集所有天神力量的
神弓,任何国王都不能够
挽开它,而罗摩拉断了它,
也就表明他已经赢得三界。

现在,

持斧罗摩让刹帝利国王
血流成海,而完成祭祀,
我们不知道这位大牟尼
来到这里后,会做什么。

来吧,现在我们一起进入王宫吧!

（两人下场）

（插曲终）

（幕后传来话音）

遮那迦祭火的侍从们,赶快取来洗脚水和其他招待客人
的用品！

持斧罗摩已经来到这里,

  他出生以来,遵守梵行,

粗壮的手臂犹如纪念柱,

  弓弦响声犹如赞颂这位

世界征服者,胸膛布满

  武器伤疤而坚硬和粗糙,

可以磨尖箭头,他制伏

  刹帝利国王似猎取野象。

还有,

他的可怕双臂夺走妇女脸颊番红油膏,①

征服四方国王的弓弦发出恐怖的声响,

现在,他从自己的衣服中取出了两个

系有拘舍草绳的箭囊,看来怒气冲冲。

  (然后,持斧罗摩上场,手持弓箭,盛气凌人)

---

① 这里指妇女们吓得脸色发白。

持斧罗摩　　(疲倦)好像享受美食的死神已经吃完了武士,现在,

哪里能听到战斗的故事? 通往天国的道路
已经挤满升天的武士,①大地不再产生武士
变得荒凉,吉祥女神不能为见到来自战象
颞颥的蜜蜂而高兴,它们现在栖息莲花中。

(思索,惊讶)

湿婆挽弓上弦,拉至耳边,阿修罗三城
后宫妇女们莲花耳饰纷纷坠落,射箭时,
弓弦在他前臂发出嘣嘣声,她们的手镯
纷纷破裂,而罗摩居然拉断了这张神弓!②

(愤怒,傲慢,绕行)喂,喂! 你们这些毗提诃人! 罗摩在
哪里?

我一怒之下,就将所有的刹帝利供奉
祭火,包括阿周那一千条断臂流出的
鲜血,如今我的斧子只能吃一些残食,
因此长期处在饥饿中,正在寻找罗摩。

---

① 战死的刹帝利武士都能升入天国。
② 这首诗描写湿婆神弓的神奇威力,并非指直接射击后宫妇女。

无价的罗摩

（然后，罗摩上场，坚定而又激动）

罗摩

> 他以前与手持标枪的室建陀①一起跟随
> 湿婆学习弓箭术和娑摩吠陀，其威力
> 已达到勇士和苦行者所能达到的顶峰，
> 我今天有幸能见到这位婆利古②族豪杰。

持斧罗摩 （自我责备）

> 我的火气太旺，想当年在练习武艺时，
> 曾与室建陀吵架而咒骂他，湿婆夫妻
> 看到后，觉得好笑，而现在，我听到
> 湿婆的神弓被拉断，我能保持平静吗？

（思索）这个可恶的罗怙族王子以为我是林中苦行者，也太看轻我了！（稍许降低话音）

> 迦俱私陀族的王子们啊，

---

① 室建陀（skanda）是湿婆的儿子。"手持标枪"（śaktidhara）是室建陀的称号。

② 婆利古（bhṛgu）是持斧罗摩的祖先。

117

你们没有听说持斧罗摩

有个朋友帮他报了杀父

　　之仇？这个朋友也就是

这斧子，先后二十一次

　　杀尽刹帝利，乃至他们

母亲腹中的胎儿，以致

　　　散发出血肉脂肪的腥气。

罗摩　（看到他，喜悦）

阿周那王有一千条手臂，

　　曾经战胜十首王，吉祥

女神通过这些手臂登上

　　阿周那胸膛，而他杀死

阿周那，他甚至也战胜

　　室建陀，望着他逃跑时

背后的脸①，他就是这位

　　　婆利古族豪杰持斧罗摩。

（凝视片刻，微笑）他庄严又甜蜜，具有多种情态。

---

①　室建陀长有六张脸，因此前后都有脸。

头顶有发髻,肩上有斧子和弓,
前臂上佩戴念珠串,手中握箭,
胸膛上布满武器的伤疤而可怕,
却又身披鹿皮衣,宁静而安详。

(罗摩走近前去)

持斧罗摩 (观看)怎么,这是十车王之子罗摩?他的模样与
我听说的他的品德一致。好啊,就是这位王子!

我曾经肃清刹帝利王族,今天你
走近我,让我高兴,如同鹿走近
狮子,让狮子高兴,狮子锐利的
爪子曾经撕破千万头大象的颞颥。

罗摩 (微笑)尊者持斧罗摩啊,长幼之间确实存在差别。

大牟尼婆利古让你获得人身和成为婆罗门,
湿婆教给你武艺,勇力难以形容,你还把
包括七大洲的大地赠送给以迦叶波为首的
婆罗门,你的威力无与伦比,我向你致敬!

持斧罗摩 嗨,刹帝利少年啊,我对你的友善和勇气表示满

意。但是，

我的那些箭让迦多维尔耶的妻子们流泪，
我已经创造出血海，用作祭供祖先的水，
我焚烧刹帝利武士的怒火现在即将熄灭，
而你拉断湿婆的神弓，又点燃我的怒火。

罗摩　（微笑）尊者啊！

我出于少年天生的好奇心，
试图挽开湿婆的这张神弓，
结果发生这样的不幸事件，
未料到竟会惹你这样生气。

持斧罗摩　（愤怒）嗨，你这个刹帝利少年！你怎么能无视湿
婆的大弟子持斧罗摩！

是我的那些如同死神牙齿的箭放过
室建陀，让他再次从芦苇丛中出生，①
我已经二十一次征服大地，它布满

---

① 按印度神话，室建陀出生于芦苇丛中。这里使用的 śara 一词，既读作
箭，也读作芦苇。这里意谓持斧罗摩没有杀死室建陀，仿佛给予他第
二次生命。

难以穿越的刹帝利武士手臂大森林。

罗摩　息怒,息怒! 请尊者宽恕! 我是一时疏忽没有想到
　　　　你,而非狂妄自大。

你的母亲是真正生育英雄的母亲,
甚至也让波哩婆提女神美慕不已,
看到自己的儿子室建陀败在你的
强壮手臂下,她感到羞愧而心碎。

持斧罗摩　(微笑)

你不必再称颂我的众所周知的威力,
拿起众友仙人教会你使用的武器吧!
我的手臂一旦举起,没有耐心等待,
我的斧子热衷参与英雄聚会的游戏。

罗摩　(独白)唉,他也提到了众友仙人。就这样吧!(坚定,
　　　　微笑)

你征服大海围绕的大地,然后又赠送他人,
你是取得二十一次胜利的英雄,而我只是
一个手臂柔弱的少年,英雄履行自己职责

令人恐惧，请尊者息怒，我敬重你的出身。

持斧罗摩　（愤怒，独白）这个可恶的刹帝利少年能言善辩。
（高声）嗨，你这个坏小子！看来你只是敬重我持斧罗摩
的出身。为何你还不拿起武器？

你以谦恭的话语掩盖自己
内心的想法，因为我手中
这把斧子，锋利如同死神
锯齿般的牙齿，如此可怕。

嗨，你听着！

梵天的手臂创造出刹帝利
　　种姓，①以保护三界为荣耀，
而有一位牟尼的双臂坚硬
　　如同金刚杵，他的怒火似
劫末烈火，天神和阿修罗
　　也害怕被它的火舌吞噬而
惊慌失措，这位牟尼就是
　　波哩婆提女神收养的儿子②。

---

① 按印度神话，刹帝利种姓产生于梵天的手臂。
② 这是指持斧罗摩本人。

（幕后传来话音）

你已经让刹帝利这个词变得
没有意义，而你作为祭祀者，
也获得大地作为酬金，现在，
你就放下弃置不用的武器吧！

持斧罗摩 嗨，这话音平和而深沉，他是谁？肯定是遮那迦
王。（面向幕后，观看）王仙遮那迦啊，你跟随太阳神的
弟子耶若伏吉耶学习吠陀经典，但是，现在不是听取智
者教诲的时机。

我的斧子展现杀戮刹帝利国王的威力，
二十一次征服大地，并且将大地赐予
那些完成祭祀后沐浴的婆罗门，现在，
我怎么能够阻止它投入它热爱的决斗？

（幕后传来话音）

婆利古族吉祥志啊，向你致敬！你就
抛弃敌意吧！发慈悲心吧！你的手臂
能让三界摆脱恐惧，为何要举起武器，
指向这个甚至可以充当你儿子的罗摩？

持斧罗摩 （面向罗摩)话音深沉而粗糙,这个人是谁?

罗摩 （谦恭)这是我的父亲十车王。

持斧罗摩 （不满)呸,到处都会长出刹帝利荆棘!（面向幕
后)十车王啊,你的儿子只是与我名字相同而可以称为
朋友。但是,你并不理解英雄的行为方式。

拉断湿婆神弓点燃我的怒火,
天天燃烧,唯有罗怙家族和
遮那迦家族的泪水浇灭了它,
世界上的武士才能平安无事。

（幕后传来话音）

持斧罗摩啊,你为何一心要让已经放弃武器的人重新拿
起弓箭?

持斧罗摩 （愤怒)你这个卑劣的毗提诃王!

考虑到你是太阳神的再传弟子,而且
苦行成就杰出,我才宽容你,你怎么
敢说拿起弓箭? 你是我举行杀尽一切
刹帝利祭祀的幸存者,现在想要找死。

无价的罗摩

（幕后传来话音）

持斧罗摩啊，你听从行落仙人等长辈
忠告，努力抑制战斗欲望，已经转向
追求至高的梵，而你内心依然不安分，
武器魔鬼究竟还要唆使你跳舞跳多久？

持斧罗摩　（微笑）啊，舍陀南陀作为祭司，对这个家族关爱
　　　　备至。好吧，让我安慰他。（面向幕后）舍陀南陀啊！

你的国王热心祭祀，祭供动物等祭品，
会受到我保护，而罗怙族凭借强壮的
手臂在这大地上耀武扬威，我将粉碎
这个家族，然后你爱做什么就做什么。

（幕后传来话音）

可耻啊，你这个刹帝利妇女的儿子①！你犯下杀害刹帝
利胎儿的大罪！甘蔗族的武器对于婆罗门自然无效，因
此他们容忍你的任何行为。但是，你怎么也不害怕我们
这些婆罗门的威力？

---

① 持斧罗摩的母亲莱奴迦（reṇukā）是一位国王的女儿，因而属于刹帝利
　　种姓。

持斧罗摩 （愤怒，发笑）你这个杂种，卑劣的婆罗门，乔答摩家族的耻辱！①

如果摩奴世系的这些青年炫耀他们的武器，
如果像你这样的人也能充作婆罗门，那么，
我布满弓弦摩擦瘢痕的手臂难道白白拿起
这把适用于砍杀刹帝利和砍伐柴薪的斧子？

（幕后传来话音）

持斧罗摩啊！

你通晓吠陀，与我们的导师婆私吒仙人
属于同一家族，你的长辈也都是梵天的
后裔，因此我的极其柔软的心直到现在
还没有破裂，恳请你收回狠毒的目光吧！

持斧罗摩 （大笑）十车王啊，你说什么？"你的心直到现在还没有破碎。"我还没有使用我的斧子，你的心怎么会破碎？

---

① 这些咒骂舍陀南陀的话暗指他的母亲是与因陀罗发生奸情的阿诃利雅。

无价的罗摩

（幕后传来话音）

持斧罗摩啊，你甚至羞辱我们的长辈！

从现在起，罗摩不是我兄长，我是我自己，
我也不再是罗怙族国王们的儿子或者孙子，
也不管世上的人们认为我是懦夫或者勇士，
我将做好准备，要惩治这个邪恶的婆罗门。

持斧罗摩 （蔑视，面向罗摩）罗什曼那为何不认你这位兄长？

罗摩 （尴尬，微笑）请尊者宽恕！他年幼无知，说这些胡话。

持斧罗摩 （微笑）你怎么怀疑我是一个不宽恕的人？而他肯定会追随你。一旦你毁灭，他也会跟随你毁灭，正如太阳落山，太阳石失去光芒。（面向幕后）好啊，罗什曼那，好啊！你虽然比罗摩年轻，但你比他优秀。你不再需要这个虚有其名的兄长罗摩。

以前我用剃刀箭射碎麻鹬山，天鹅飞散，
犹如狮子利爪撕破大象颞颥，珍珠散落，
你确实像一个真正的刹帝利，有幸引起
我的好奇心，想要走近你这一位小英雄。

（幕后传来话音）

持斧罗摩啊,不知道你究竟是想走近我,还是想要与我
交战?

罗摩 (生气,面向幕后)贤弟啊,你今天怎么会这样对待长
辈,没有礼貌?

(幕后传来话音)

贤兄啊,我住口不说了。持斧罗摩啊,请你原谅! 我的
兄长已经管教我。

持斧罗摩 (微笑)罗摩啊,你怎么始终说话温和,想要避免
我们之间交战? 你是披挂铠甲的英雄,应该用武器回应
武器。

你是出身太阳族刹帝利,
众友仙人教给你弓箭术,
如果你行为不像刹帝利,
你会败坏你的家族名声。

罗摩 (骄傲,微笑)尊者啊,你说得完全正确。

我出生在太阳族通晓吠陀的刹帝利家族,
众友仙人也已经教会我使用神奇的武器,
然而不管人们怎样议论我们家族的名声,

我也不会用武器对一位婆罗门施展暴力。

持斧罗摩 （愤怒）你这个口出狂言的罪人！你把我看成像
众友和婆私吒那样念诵祝福祷词的婆罗门。（愤恨）呸，
竟听到刹帝利说出这种话！（暴怒）

我今天要砍碎十车王和他的四个儿子，
我是湿婆的弟子，要制造极其恐怖的
战场，不用蔓藤的枝条，而是用那些
无头躯体流淌的鲜血充作游戏的旗杆。

罗摩 （愤怒）持斧罗摩啊，你这是威胁恐吓吗？你也不要太
过分，否则，也会惹恼甘蔗族。

持斧罗摩 （皱眉）那又怎么样？

罗摩 （坚定）

如同花环装饰拱门，二十一次战胜国王
装饰你的圆柱手臂，你渴望第二十二次
胜利，我现在想要见识你的高超弓箭术，
因为我并不满足于只是挽开湿婆的神弓。

持斧罗摩 （激动）你说什么，说什么？"我想要见识你的……"
（重复三次，气愤）一旦我发怒举行祭祀，点燃的祭火会

烧遍各处,毗提诃和迪利波家族能提供多少祭品?（高声）嗨,七大洲和七大山的国王们,你们要小心!

他曾经杀死自己母亲①,此后他肃清大地上
刹帝利,他的斧子品尝到刹帝利甜美鲜血,
他曾用箭射碎麻鹞山,山坡上至今还留有
天鹅形状的碎骨,现在这位牟尼再次发怒。

罗摩　（发笑）你何必吓唬不在这里的国王们? 而我以少年
游戏的方式拉断了湿婆的神弓,现在就在你的面前。请
你告诉我,你怎样用手臂砍断凶残傲慢的阿周那的一千
条手臂? 你就用这样的手臂打击我吧!

持斧罗摩　嗨,你这个罪人,太阳族的污点! 你还在说你拉
断了湿婆的神弓。即使你是刹帝利,也想了解我战胜阿
周那的手臂,在危急关头,它会做出前所未闻和前所未
见的事。嗨,你这条刹帝利王族的蛆虫!

你知道阿周那夺走我父亲的祭祀用牛②,

---

① 持斧罗摩的母亲莱奴迦曾经前往河边打水,观看和羡慕在河中嬉戏的
一对健达缚夫妻,延搁了回家时间。她的丈夫阇摩陀耆尼为此发怒,
要求五个儿子杀死他们的母亲。其中四个儿子不愿意,唯有持斧罗摩
听从父亲的命令,杀死自己的母亲。事后,持斧罗摩又请求父亲让母
亲复活,父亲同意了他的请求。
② "祭祀用牛"指母牛产奶,用作供神的祭品。

从此我的弓学会杀死无数刹帝利国王，

这是我痛恨刹帝利的原因，现在情况

不同，原因是你拉断我的导师的神弓。

罗摩　持斧罗摩啊，你的名声旗帜现在已经成为一块破布。

现在，我要看看你的本领。（面向幕后）贤弟罗什曼那

啊，取来我的弓！

持斧罗摩　嗨，你这个不自量力的刹帝利少年！

那张神弓以前一次次被湿婆挽开，

早已失去力量，让你凑巧拉断它，

你现在就挽开我的这张曾经消灭

刹帝利的弓，这是毗湿奴的神弓①。

（说罢，把他的弓递给罗摩）

罗摩　（接过弓）持斧罗摩啊，这里的地面凹凸不平。来吧，

让我们去一个合适的地方交战！

持斧罗摩　（愤怒，绕行）你凭借刹帝利和婆罗门的威力②，自

---

①　按印度神话，湿婆和毗湿奴曾经互相使用弓箭交战。战后，湿婆将自己的弓送给毗提诃王。毗湿奴将自己的弓送给持斧罗摩的祖父哩吉迦，持斧罗摩从父亲阇摩陀耆尼那儿获得这张祖传的毗湿奴神弓。

②　这里是指罗摩受到遮那迦王和众友仙人支持。

我炫耀！

让所有的武器保护他！让人们
祝福他胜利！莱奴迦之子发怒，
今天要让十车王、毗提诃王和
罗摩从此在这大地上永远消失。

（两人下场，幕后传来话音）

城乡居民啊，奏响吉祥欢乐的乐器吧！在庆祝毗提诃公主
悉多的婚礼后，再让我们庆祝罗摩战胜持斧罗摩的胜利吧！

罗摩让悉多月亮脸照亮天空，而悉多
斜视的目光透露妒忌："或许他会赢得
另一个少女。"①罗摩挽开毗湿奴的神弓，
箭无虚发，已经斩断持斧罗摩的去路。②

（然后，罗摩和持斧罗摩上场）

———————

① 这里意谓悉多担心罗摩像挽开湿婆神弓那样挽开毗湿奴神弓，会赢得
另一个少女。
② 关于罗摩战胜持斧罗摩有两种传说：一是持斧罗摩看到罗摩挽开毗
湿奴神弓，深感惊讶，与罗摩和好。二是罗摩挽开毗湿奴神弓后，搭上
箭，询问持斧罗摩射击什么目标。持斧罗摩深感惊讶，害怕射出的箭
会毁灭世界，便说射击他积聚的苦行力，罗摩照办。然后，持斧罗摩把
毗湿奴神弓留给罗摩。

罗摩　尊者持斧罗摩啊！

即使受到敌人挑战也会拿起武器，

而罗怙族不会对婆罗门使用武器，

罗摩我始终这样敬重你，你具足

苦行、知识和勇气，请你宽恕我！

持斧罗摩　（微笑）你对我犯有什么错？

我今天看到你具有毗湿奴威力，

我发怒挑战正是出于这个目的，

现在我的内心摆脱了一切烦恼，

终于获得不可言状的轻松自在。

罗摩　请尊者过来，往这边走。

持斧罗摩　（托起罗摩的下颌，微笑）孩子啊，林中居住者在城镇中逗留太长时间不合适。你要把我带到哪里去？

罗摩　尊者啊，在尊者耶若伏吉耶家中，我的父亲和遮那迦王已经做好准备，接待你这位客人，等候着你。

持斧罗摩　孩子啊，国王和吠陀导师邀请做客，理应不该拒绝。可是，我的行为背离苦行者规范，羞于面见正法导师耶若伏吉耶。而即使身在远处，也能表达心意。（面向幕后，高声）

智者们遵行他教导的人生四大目的，

向尊敬的瑜伽行者耶若伏吉耶致敬！

（幕后传来话音）

但愿伽耶特利女神①涤除你的罪业，

吠陀颂诗净化你，至高的梵增长。

持斧罗摩　尊者啊，我深感羞愧而不能面见你。请你允许我
　　前往林中。

（幕后传来话音）

祝一路平安！你从自己的家返回自己的家，②

还用说什么？你具足品德，是我们的头顶

花环，有幸成为创造、维持和毁灭三界的

毗湿奴的第六个化身③，出生在婆利古家族。

持斧罗摩　孩子罗摩啊！

---

①　伽耶特利（gāyatrī）是《梨俱吠陀》中属于三行一首的诗律。这里将这
　　种诗律拟人化，称为女神。
②　这句意谓这里也是持斧罗摩的家。
③　按印度神话，毗湿奴多次化身下凡，其中主要的化身有十次，按排列次
　　序，持斧罗摩为第六，罗摩为第七。

罗摩　请尊者吩咐！

持斧罗摩　你回家去吧！你的岳父家中，人们正在结婚礼堂
里等着向你贺喜和祝福。

（持斧罗摩绕行，下场）

罗摩　（激动）怎么，尊者离去了？那么，我也回到父亲身边去。
（向前观看）怎么，我的父亲和遮那迦王向这里走来？
（走近前去）

（十车王和遮那迦王携手上场）

遮那迦

歌手们会永远铭记你
这个儿子的光荣事迹，
他剥夺了持斧罗摩的
斧子天生的光辉威力。

十车王　（观看前面,喜悦）怎么，我的儿子回来了？

遮那迦　朋友十车王啊！

长久以来,他是第一个

让刹帝利威力成为三界

支撑者,让太阳神凌驾

一切家族的创立者之上,

作为所有种姓的领导者,

他已经测试持斧罗摩的

骄傲手臂,这位大英雄

向我们的眼睛泼洒甘露。

十车王　(凝视,满怀慈爱)朋友遮那迦啊,我的这个儿子尽管还是一个少年,但已经能够担负罗怙族国王重任,履行种姓法和人生阶段法①的治国职责。我现在已经年迈,要把治国重担交给他。我要按照迪利波家族的惯例,前往苦行林度过余生。

遮那迦　朋友十车王啊,你的这个想法很好,但应该逐步实行。

罗摩　(走近,俯首行礼)

遮那迦　来吧,来吧!孩子罗摩!(喜悦,拥抱)

十车王　(喜悦,拥抱)朋友遮那迦啊,我们为罗摩战胜持斧罗摩而高兴,这正是让他灌顶登基的好机会,为何还要耽搁时间?

---

①　"种姓法"指印度古代社会的种姓制度,社会成员分为婆罗门、刹帝利、吠舍和首陀罗四个种姓。"人生阶段法"指印度教将人生分为四个阶段:梵行期、家居期、林栖期和遁世期。每个种姓和人生阶段都有各自的职责。

（罗什曼那上场）

罗什曼那　这是二王后吉迦伊派遣曼他罗送来的信。

（两位国王互相望着，若有所思）

罗摩　（喜悦）贤弟罗什曼那啊，曼他罗带来王后和家人的好
消息吗？

罗什曼那　贤兄啊，应该是这样。

罗摩　（喜悦）肯定是为我们远离在外而担心忧虑。

遮那迦　（从罗什曼那手中接过信，念诵）祝十车王吉祥平
安！吉迦伊禀告如下：

你以前曾经许诺赐予我两个恩惠，
现在我提出要求：让婆罗多继承
你的王位，让罗摩带着悉多以及
罗什曼那在弹宅迦林生活十四年。

（念完信，昏厥）

罗摩　（把信举到头顶①）贤弟罗什曼那啊，你快去把嫂子带
来！有她陪伴会让我高兴。

---

①　此举表示服从长辈的决定。这里意谓罗摩为了让父亲十车王兑现诺
言，不失信义，甘愿带着妻子悉多和弟弟罗什曼那流亡森林。

（罗什曼那下场）

罗摩 父亲和岳父啊，放宽心，放宽心！（用衣襟为他俩扇风）

遮那迦 （苏醒，望着空中）

她已经与罗怙族雄牛牵手成婚，
公公家族的古老祖先是太阳神，
她自己的父亲是吉迦耶转轮王，
天啊，她怎么会做出这样的事？

（说罢，昏厥。罗摩继续用衣襟为两位老人扇风）

十车王 （苏醒）

我无法用语言描述我现在的心情，
只感到浑身火焰燃烧，眼前漆黑，
我不得不承受眼前发生的这一切，
罗摩啊，你怎么能就这样离开我？

（思索）唉，儿媳悉多啊，你嫁到十车王的家，却受到罗刹接待。（昏厥）

罗摩 父亲和岳父啊，放宽心，放宽心！

遮那迦 （苏醒，望着空中）好啊，亲家母吉迦伊，好啊！你总算

开恩,让我的这个大地的女儿跟随她的夫主。(思索,痛苦)

这两位王子是弓箭手,而那些
　　地方很危险,十首王伸展他的
那些魔爪,我的女儿年幼稚嫩,
　　林中生活不安全,而十车王会
舍弃自己宝贵的生命,以洗刷
　　自己受到损害的名誉,亲家母
吉迦伊出生在高贵的吉迦耶族,
　　怎么会突然变得这样不通人情?

天啊,婆罗多继承王位犹如多摩罗树黑色幼芽成为吉祥
女神的耳饰,吉迦伊的恶名会传遍城乡各地,我们今后
在民众面前怎么还能抬起头?

罗摩　(起身)岳父遮那迦啊,请你尽力照顾我的父亲,让我
听到他平安的消息。

(说罢,罗摩下场)

十车王　(苏醒,起身)孩子罗摩啊,请你保护我!

(遮那迦扶着十车王下场)

第四幕终。

第五幕

（然后，希罗婆那和占波梵上场）

占波梵　后来呢？

希罗婆那　后来，我离开弥提罗城，抛弃曼他罗的身体，回到哈努曼为我保护的自己的身体，来到恒河边的舍楞迦毗罗城。

占波梵　后来呢？

希罗婆那　我到达那里后，到处听到人们大声说"罗摩、罗什曼那和悉多来到这里了"。

占波梵　（喜悦）后来呢？

希罗婆那　然后，那里的船夫首领古诃询问我："罗摩和罗什曼那是什么人？"我告诉他说：

十车王渴求儿子，受到牟尼的

恩惠，古老原人分身为四下凡，①
　　其中这位年长的王子具足品德，
　　另一位第三个儿子也富有勇力。

占波梵　希罗婆那啊，你说得很对。后来呢？

希罗婆那　罗摩在河边劝请跟随他的亲友们止步返城。然后，他登上古诃迅速送来的船。

罗摩三人渡过如同湿婆头顶花环的天河②，
　　支付了古诃酬金，罗什曼那与古诃结为
　　朋友，胸脯丰满的舍钵罗少女们的目光
　　紧紧追随，而罗摩一行迅速前往妙峰山。

占波梵　哎呀，太可怜了！

希罗婆那　贤士啊，正是害怕心生怜悯，我没告诉你这两个王子已经在因提古树下束起发髻③。

占波梵　希罗婆那啊，这是一件好事。后来呢？

希罗婆那　我为了让尼沙陀王④高兴，便停留在那里。过了

---

① "古老原人"（purāṇapuruṣa）指毗湿奴。这里指鹿角仙人为十车王举行马祭，祈求生子，众天神劝请毗湿奴分身下凡，由此十车王生下四个儿子。
② "天河"指恒河。按印度古代神话，恒河从天国流向人间时，中间停留在湿婆头顶，以减缓降落大地的冲力。
③ "束起发髻"表示成为林中苦行者。
④ 尼沙陀王（niṣādapati）指古诃。尼沙陀（niṣāda）属于渔猎部落。

一些天,十车王的二儿子婆罗多带着臣民们前来报告他们的父亲升天的消息,同时,想要带着罗摩返回阿逾陀城。

占波梵 (担忧)后来呢?

希罗婆那 婆罗多一再劝说罗摩:"贤兄啊,父亲受到这样的欺诈,吉迦耶家族的光辉名声永远遭到毁灭。你回去担负罗怙族的治国重担吧!"而罗摩坚决拒绝。于是,婆罗多也束起发髻,移居南迪村,把牟尼舍罗槃伽送来的一双罗摩的鞋子供在国王宝座上①,祈求国泰民安。

占波梵 (喜悦)我们的计划依靠希罗婆那的努力取得成功。后来呢?

希罗婆那 生活在遮那斯坦的伽罗和突舍那等罗刹认为"一个禁用武器的刹帝利不纯洁"②,于是,寻找机会,派出凶残的维罗陀。

占波梵 (微笑)这些傻瓜!如果处在危急关头,刹帝利立刻就会变得纯洁。后来呢?

希罗婆那 罗摩立即下决心,杀死了维罗陀。他度过一段难以忍受的悲伤的日子,为父亲举行祭奠仪式后,前往投山仙人的净修林。这位罐生仙人曾经一口喝下手掌中的大海,并阻止文底耶山疯长,又以吉祥水罐让阿修罗

---

① 这表明婆罗多只是为罗摩摄政。
② 这里指罗摩处在父亲丧葬期间。

伐达比长眠。① 而在途中，突然遇到一只名为达拉达罗
的乌鸦攻击悉多。

占波梵　（独白）这是不吉祥的征兆。（高声）后来呢？

希罗婆那　然后，

这只乌鸦攻击公主悉多，

而她的胸脯仿佛隐藏有

抵御罗刹的魔咒，罗摩

发箭射瞎乌鸦一只眼睛。

占波梵　后来呢？

希罗婆那

遵照投山仙人的指示，

---

① 投山仙人（agastya）又称"罐生"（kalaśayonin）。按印度神话，在一次祭
祀中，密多罗和伐楼那两位天神看到美貌的天女优哩婆湿，精液泄漏，
滴入罐中，生出投山仙人。这位仙人威力无比，创造许多奇迹。为了
让众天神消灭藏入海中的阿修罗，他用手掌拿起大海，一口喝下海水，
事后又吐出海水。文底耶山妒忌弥卢山，也想要让太阳围绕自己旋
转，没有获得允许，便疯狂升高，试图挡住太阳行进，而被投山仙人劝
阻。阿修罗伐达比（vātāpi）与兄长伊婆罗合谋，经常化身山羊，被兄
长宰杀煮熟后招待婆罗门。而婆罗门一旦吃下羊肉，伐达比便从婆罗
门肚子里窜出，就这样杀害了许多婆罗门。而投山仙人受到招待，吃
下羊肉后，将伐达比完全消化掉，消灭了这个阿修罗。这里提到的"吉
祥水罐"通常指国王入睡时，放在国王身边的吉祥水罐。这里用作比
喻，指投山仙人让伐达比长眠，即消灭了伐达比。

> 罗摩又前往般遮婆帝，
>
> 向须底刹那等等仙人
>
> 表达敬意，住在那里。

占波梵　（喜悦）这样，他就掌握在我们手中了。哩舍牟迦山和遮那斯坦之间距离有多远？

希罗婆那　贤士啊，我还没有说完你应该知道的事。

占波梵　那么，我听着。

希罗婆那　在那里，罗刹女首哩薄那迦好色，看中罗摩，心生邪念，想要赢得他为丈夫："我要让他品尝美味。"罗什曼那心中燃起怒火，发射三支箭，削掉她的耳朵、鼻子和嘴唇。

占波梵　（惊恐）哎呀，他闯下了大祸！伽罗等罗刹看到自己的妹妹遭到这种侮辱，会怎么样？

希罗婆那　（微笑）贤士啊，他们对付手持弓箭的罗摩，还会怎么样？①

占波梵　（微笑）他们支持波林，走上与维罗陀同样的道路？

希罗婆那　正是这样。

占波梵　希罗婆那啊，现在罗摩和罗波那结下了深仇大恨。

希罗婆那　（微笑）我觉得首哩薄那迦如果向十首王报告伽罗和突舍那等罗刹战败的消息，会有口难言，而现在她在十首王面前，不用开口，就说明了情况。

---

① 意谓伽罗等罗刹均被罗摩杀死。

占波梵　希罗婆那啊,看到罗摩现在处境如此险恶,我胆战心惊。

从众友仙人的祭祀开始,楞伽王就与罗摩
结下深深的冤仇,现在他的亲友遭到杀害,
他强壮有力,富有勇气和智谋,狡诈傲慢,
怎么可能容忍首哩薄那迦受到这样的侮辱?

双方仇恨的火焰会逐渐点燃,罗摩身处困境而无盟友,
就很容易与情况相同的太阳之子须羯哩婆结盟。

希罗婆那　贤士啊,现在我们应该做什么?尼沙陀王古诃是
罗什曼那的朋友。通过他,我们很容易接近罗摩。

占波梵　(喜悦)希罗婆那啊,你的确偏爱须羯哩婆。那么,
你赶快把尼沙陀王带来。

(希罗婆那下场)

占波梵　(观察四周)啊,这看来像是我的老朋友阇吒优私,
从南方返回。我就在这里等着他。这头秃鹫视力很远。
他会知道楞伽岛的情况。

(阇吒优私上场)

阇吒优私　我终于到达般遮婆帝,这里位于遮那斯坦边区,

四周围绕茂密的树林,受到瞿陀婆哩河水灌溉。

雌杜鹃们醉饮花蜜,不断摇动芒果树嫩芽,
河岸堆满沙粒般花粉,难以行走,成群的
鹿儿害怕猎人,好不容易跨越躲避,足迹
已被不断降落的花粉遮盖,现在无忧无虑。

占波梵　　(缓步走近)朋友啊,你为何这样匆忙?

阇吒优私　(观看)怎么,是占波梵? 朋友啊,请原谅我没有
　　　　　向你致意。我拜访我的兄长商钵底后,从文底耶山老家
　　　　　飞回。我看到罗刹王由摩哩遮陪同,出现在这座森林。
　　　　　我怀疑他们要做什么坏事,出于关心罗摩安危,因而匆
　　　　　匆忙忙。

占波梵　　(独白)我也想知道会发生什么事。(高声)那么,朋
　　　　　友啊,你就赶快去吧!

(占波梵下场)

阇吒优私　(绕行,观看)前面就是般遮婆帝。(观察,思索)

罗摩受一头幻化的金鹿引诱,走出很远,
他的弟弟罗什曼那迅速前去追赶,现在,
有一个苦行者蹑手蹑脚走进他们的茅屋,

呸,他露出了自己的真面目,是罗波那!①

天啊!

悉多像一只雌鹨哭喊着:"夫君啊!"
这个恶魔把她抓上车,要去往哪里?

(绕行,愤慨)罗波那啊!

你的手接触罗摩新婚的妻子,
已经玷污她,而你满心欢喜!
你怎么不考虑自己家族长辈
补罗私底耶等七仙人②的名誉?

(仰望空中)你的十张脸已经被狂笑的烟雾覆盖!你说
什么,你这个恶魔,说什么?

"举世羡慕企求的悉多,

---

① 按《罗摩衍那》,十首王强迫罗刹摩哩遮化身金鹿,在罗摩住处游荡。
罗摩前去追捕这只金鹿,最后用箭射中它。金鹿临死时,显露罗刹原
形,并模仿罗摩的声音,发出呼救声。于是,悉多让罗什曼那前去救助
罗摩。这样,趁悉多孤单一人时,十首王伪装苦行者前来,走近和劫走
悉多。
② 补罗私底耶(pulastya)是罗波那的祖先。他和其他六位仙人都是梵天
的儿子。

已成为我捕获的猎物，

现在，你这头老秃鹫，

能从我手中叼走她吗？"

你这个恶魔怎么敢这样说？站住，站住！

你自恃手臂强壮，骄傲狂妄而发昏，

呸，你这个可耻的窃贼，现在想要

逃走！那就让我阇吒优私这些弯曲

锐利的爪子游戏般地抓取你的胸膛。

（两人下场）

（插曲终）

（然后，罗什曼那上场）

罗什曼那 天啊，我们沦落到这样的困境，充满难以抑制的
残酷、愤怒、忧伤和羞耻，以致我们不知道告诉自己应该
怎么办。

受到十首王这样的欺诈，贤兄愤怒至极，

简直说不出话，只说了半句，话音噎住，

但得知慈父般的阇吒优私已经丧失生命①，
忧伤的麻木消失，愤怒的目光停在弓上。

（观看幕后）这里，这里，贤兄啊，你已经杀死摩哩遮！看
啊，这里是向南方延伸的文底耶山茂密森林。

（罗摩上场）

罗摩 （仰望空中）

无论家族、勇气、臂力或苦行，
过去和未来没有人能与你相比，
可惜啊，你长久以来迷失方向，
远远偏离英雄之路，十首王啊！

（思索，苦笑）补罗私底耶后裔啊！

今天你这种不肖子孙的行为辗转传到
悉陀②们耳中，除了补罗私底耶，天国
仙人们听了都会嘲笑，梵天的四张脸
深感羞愧，失去光彩，无法同时垂下。

① 阇吒优私最终被罗波那杀死。
② 悉陀（siddha）属于半神类。

149

（思索片刻）天啊，亲爱的毗提诃公主！（控制感情）

罗什曼那 （走近）贤兄啊，这种绝望的心情怎么也会出现在
像你这样的人身上？

命运残酷的打击能撕裂人们的心，
而伟人的勇气成为心中金刚护盾。

罗摩 （叹出深长的热气）贤弟啊！

在天生的坚定和勇气控制下，
愤怒和忧伤能够保持在心中，
可是，蒙受奇耻大辱，羞愧
深深压倒了我，我能怎么办？

罗什曼那 （观看前面）贤兄啊，森林前面的这个地方，因慈
父般的阇吒优私升入英雄天国而神圣。

慈父般的鸟王阇吒优私，
他怎样用他的金刚杵般
锋利的尖喙和利爪粉碎
十首魔王的绳索和车辆？

罗摩 （悲悯）

弥提罗公主有幸看到

你这位鸟王,像狮子

攻击大象的颧颥那样,

攻击罗波那那些脑袋。

(望着罗什曼那,沉思)

罗什曼那 (独白)这种名为忧伤的病痛久久缠身十分有害,
因此,我要前往别处。(高声)贤兄啊,你看,你看!

这是文底耶山王的后宫,布满起伏的

波浪和芦苇,正在奏乐、唱歌和跳舞。

罗摩 (睁眼,叹出深长的热气)贤弟啊,确实很奇妙!

白莲休息入睡,其他的莲花

醒来接班,孔雀鸣叫,随着

发情的大象拍打耳朵的节拍

翩翩起舞,这些河流很可爱!

(两人绕行)

罗什曼那 贤兄啊,这里是摩利耶凡山。

在这森林的边区,水牛用犄角撞碎
岩石,怀孕母鹿被石头绊倒而流产,
那些山洞里凶猛的老熊发出嗥叫声,
吓得那些猎人手中的武器纷纷失落。

罗摩 （观看,流出悲伤的泪水）

那些孔雀在这里尽情地享受欢乐,
蜜蜂们享受迦昙波树盛开的鲜花,
摩利耶凡山坡上布满新生的乌云,
降下雨水,雌蛇感觉愉快而怀孕。

贤弟罗什曼那啊,扶住我！我支撑不住自己。

呼吸困难,嘴唇干涩,话音微弱,
肢体苍白,疲惫下沉,浑身麻木,
眼中涌出泪水,记忆也开始丧失,
心中忧伤的感情变得越来越强烈。

（罗什曼那扶住他后,他闭上眼睛）
亲爱的悉多啊,你在弹宅迦林中与我一起过着苦行者
生活！

罗什曼那 （痛苦,独白)有什么感情能排除他的这种感情?

（幕后传来话音）

恶棍,该杀的迦槃陀！你别想活着！

罗摩　（惊慌)贤弟罗什曼那啊,听来好像是你的朋友正在与
邪恶的迦槃陀交战。这些罗刹诡计多端,你赶快去支
援他！

罗什曼那　好吧！

（罗什曼那下场）

罗摩　（悲伤)遮那迦王的女儿,性格刚强的公主啊,这里是
你一向接触和熟悉的芦苇丛。我记得在这里,

曾经悄悄告诉你,我自己在身体上刻下
指甲印,然后向你的机敏的女友们展示,
谎称这是你的指甲印,于是你惊慌失措,
无论如何,一定要擦去这个欢爱的标记。

（坐下,撑在弓上,想着告诉罗什曼那的那件事）

（罗什曼那和古诃上场）

古诃　祝王子胜利！

> 你是迦俱私陀家族最年轻后裔,制伏
>
> 傲慢者,解除众天神的恐惧,神奇的
>
> 事迹传扬天下,由于你的箭,迦槃陀
>
> 摆脱罗刹形象,恢复原貌,升入天国①。

罗摩 好啊,但愿他前往天国,一路平安!古诃啊,我看到好
像有座山在空中移动,这是迦槃陀一由旬长的手臂变成
了武器吗?

古诃

> 那是猴王波林杀死魔王东杜毗,
>
> 留下的骨堆,现在被王子踢翻。

> 由此,波林会向我们发起大战。

罗什曼那 那又怎么样?

罗摩 贤弟啊,不要这样说话!这位英雄是因陀罗的儿子,
应该受到尊敬。(面向古诃)你有什么事来这里,会遭遇
长臂迦槃陀?

古诃 王子啊,罗波那快速越过天空时,悉多公主的……

罗摩 (惊慌)发生什么事?

---

① 迦槃陀(kabāndha)原本也是天神,由于他经常变为罗刹吓唬仙人,遭
到仙人诅咒和因陀罗打击,变成有两条长臂的无头怪。而一旦他被罗
摩和罗什曼那砍掉手臂,仙人的诅咒也就解除,他得以恢复原貌。

古诃 她的上衣掉落,哈努曼跃上空中,接住这件上衣。王
　　　　子须羯哩婆仰慕你的品德,让我前来敬拜王子,交给我
　　　　这件上衣作为礼物。(递给罗摩)

罗摩 (接受,按在自己心口,含泪)毗提诃公主啊,我现在只
　　　　能看到你的这件上衣。(闭眼,靠在罗什曼那身上)

罗什曼那 (叹息)朋友尼沙陀王啊,须羯哩婆安好吗?

古诃 今天他也向你问好。

罗摩 (独白)

十首王明知故犯,居然劫走我的爱妻,

他曾经砍下自己的那些头颅取悦湿婆,

除了砍下他的这些头颅,没有其他的

惩治方式,我的箭会效仿他的月笑剑①。

罗什曼那 贤兄啊,为何这些林中的动物会对我们这样友好?

罗摩 这还用说?须羯哩婆与我们有血缘关系。他是太阳
　　　　的儿子,而太阳也是我们甘蔗族王仙世系的祖先。(望
　　　　着按在心口的那件上衣)古诃啊,我很想见到须羯哩婆
　　　　和哈努曼,你为我们带路,前往哩舍牟迦山吧!

古诃 (喜悦,独白)怎么,占波梵的计谋这么快就获得成功?

---

① "月笑剑"(candrahāsa)是罗波那使用的剑的名字。这里罗摩是说自
　　己要用箭射下罗波那的那些头颅,就像罗波那曾用月笑剑砍下自己的
　　那些头颅。

155

（高声）王子请这边走，沿着这条通往摩登伽净修林的路。

（所有人绕行）

古诃　王子啊，你看，你看！

伴随新雨降下，这些尼波树展露笑容①，
孔雀翩翩起舞，那些舍钵罗妇女听到
瞻部树丛中的鸽子发出可爱的咕咕声②，
汗毛竖起，文底耶山脉景色令人喜悦。

罗摩　（观看四周，悲伤）

这些微风轻巧地越过般波湖中
起伏的波浪，吹送那些绽放的
豆蔻树花香，这里的林地激发
我的心中产生一幅幅悉多幻象。

罗什曼那　贤兄啊，来这里！

这头公鹿惊慌逃跑，而无私的母鹿

---

① "展露笑容"暗喻鲜花盛开。
② "咕咕声"暗喻男女欢爱中发出的声音。

留在公鹿身后,猎人的妻子看到后,
心生怜悯,劝说她的丈夫不要发箭,
而丈夫的心离开了靶标,箭却没有。

罗摩 (含泪)公主啊!

趁我忙于追逐摩哩遮,
罗波那偷偷来到这里,
我相信当时你的眼睛,
就像我看到的这些鹿。

罗什曼那 有什么办法能安抚贤兄的心?

(幕后传来话音)

喂,喂,林中居民们啊!你们说说是谁把我的名誉美女游乐的假山①变成了迦槃陀的骨堆?

古诃 (观看,惊慌)王子啊,你看,你看!这个猴王正向这里走来,佩戴闪闪发光的金莲花环,为东杜毗之事怒火燃烧,肤色原本棕红,这样,他的身体有三重红色②。

———————

① 这里的"假山"指东杜毗的骨堆,也就是它已成为波林名誉的标志物。
② 这是指莲花、怒火和肤色三种红色。

他曾经把罗波那夹在自己的腋下，
顿时解除天国双重王权①。我猜想
因陀罗一千只好奇地观看一切的
眼睛合成这金莲花环，赠送给他。

很快，这位大英雄会阻止你前往哩舍牟迦山。因此，我
要先去为太阳之子须羯哩婆祈福。

罗摩　你就这样吧！

古诃　王子须羯哩婆也向你传话说："通过与你结为朋友，我
愿意成为你的仆从。"

罗摩　（密谈）贤弟罗什曼那啊，你的朋友已经这样说。但
是，即使一个人智勇双全，也需要依靠权力获得成功。
因此，我要让须羯哩婆取代波林登上王位。这样，他掌
握了财富和权力，智谋和勇气能发挥到极点。

罗什曼那　（微笑）如果这样，我们放弃现在可以结盟的因陀
罗之子波林，而准备下一步与太阳之子须羯哩婆结盟。
这是一条曲折迂回的道路。

罗摩　（微笑）贤弟啊，你说得很对。

猴王波林把狂妄好战的
罗波那夹在腋下，现在

---

①　这句的意思是排除罗波那和因陀罗分享天国王权。

158

> 气焰嚣张,不会与我们
>
> 　　结盟,也不会愿意帮助
>
> 我们,因而我要与决心
>
> 　　制伏他的须羯哩婆结盟,
>
> 如果因陀罗为失去这个
>
> 　　儿子悲伤,我会安抚他。

罗什曼那　贤兄确实富有远见。而且,迦槃陀摆脱诅咒,升入天国时,也让我转告贤兄说:"王子应该听从尼沙陀王的话。"

罗摩　因此,古诃能担任我们的使者。

罗什曼那　(面向古诃)你要向须羯哩婆转告我的话:

> 你的亲身父亲太阳也是
>
> 　　我们家族的祖先,摩奴
>
> 是你继母的儿子,因此,
>
> 　　你和我们是天然的朋友,
>
> 但是要记住,如果出于
>
> 　　猴子的轻浮,一旦背叛
>
> 我们,我的箭会像品尝
>
> 　　波林的鲜血那样对付你。

罗摩　(微笑)古诃啊,就让罗什曼那这样说话吧！他出于对

罗波那的愤怒,已经口不择言。我的心中一直燃烧着与
悉多分离的愁火。就在这愁火的见证下,我和须羯哩婆
结为盟友。

古诃 太阳之子须羯哩婆获得王子的最大恩惠。

王子啊,你这样偏爱须羯哩婆,

我们能为你做什么? 但愿太阳

知道自己儿子获得王国而高兴,

照耀世界的光芒比以前更强烈。

罗什曼那 (微笑)怎么,我的朋友已经确认我们答应将王国
授予太阳之子须羯哩婆?

罗摩 (微笑)古诃啊,我的心已经答应,只是没有开口说出。

古诃 (谦恭,微笑)主人啊,这正是伟人的风格。

善人按照自己心愿履行职责,

太阳向谁许诺赐予莲花光辉?

(幕后传来话音)

喂,喂,周围林中居民们! 请告诉我,是谁这么狂妄,敢
于踢翻东杜毗骨堆? 我的手臂早已发痒,渴望战斗。

古诃 (独白)

我觉得他的双臂患有骄傲病，

因此，他才会始终满腔愤怒。

这个猴王可能受占波梵鼓动，①

现在，怒气冲冲，来到这里。

因此，我要停留一会儿，观看两位英雄交战。

（波林上场）

波林 （观看前面）嗨，这两个人是谁？看来坚定沉着，光彩
熠熠。肯定是他俩踢翻东杜毗骨堆。（回忆，思索）我的
好友楞伽王②告诉过我：

"他是不幸的母亲的儿子，

被父亲抛弃，流亡森林，

背着箭囊，与他的弟弟

一起生活在弹宅迦林中。

"我们的罗刹在这里游玩时，他俩进行抢劫活动。因此，
你要对付他俩。"难道他说的就是他俩？

罗摩 贤弟啊，注意听着这位大英雄说什么。

---

① 这里意谓占波梵鼓动波林前来与罗摩交战，而让罗摩杀死他。
② 波林以前虽然打败楞伽王罗波那，但没有杀死他，而与他结为朋友。

罗什曼那　(稍许走近)我俩在这里,请过来吧!

波林　喂! 你们两个是什么人?

罗什曼那　大王啊,我俩是罗怙族刹帝利。

波林　贵人啊,从你俩的相貌就可以知道你俩的出身。你说得具体一些。

罗什曼那　我已经说了,我俩是罗怙族刹帝利。

波林　(仿佛忌恨)嗨!

> 你俩的相貌已经表明是刹帝利,
> 你反复回答说罗怙族,究竟是
> 罗怙族什么人? 说出你俩名字,
> 否则我怎么知道你俩出生谁家?

罗什曼那　(坚定,骄傲)大王啊,我俩就是罗摩和罗什曼那。

波林　(思索,独白)怎么,他说"我俩就是"? 这表明他俩赫赫有名。那么,他俩之间,哪个是拉断湿婆神弓的罗摩? 这个可能是罗摩。好吧!(大笑)

> 你俩身穿同样衣服,携带同样用具,容貌
> 同样可爱,神态同样深邃,而我迫切想要
> 知道你俩之中,哪一个是罗摩,他打破了
> 持斧罗摩立下的杀尽大地上刹帝利的誓言。

罗什曼那 （仿佛谦恭）高贵的因陀罗之子啊,我是罗什曼那。

波林 那么,他是十车王的另一个儿子,众友仙人的弟子罗摩。

罗什曼那 正是这样。

波林 （喜悦,高声）

> 持斧罗摩的斧子创造出只有
>> 三个种姓的世界,是你终于
> 从这斧子下救出刹帝利种姓;
>> 我的双臂信任英雄,腋下的
> 热汗顷刻间止住十首王渴望
>> 战斗的瘙痒;今天我能与你
> 交谈,让我的双臂拥抱你吧,
>> 以便我的双眼高兴地看看你。

罗摩 （望着他,喜悦）他就是臂力强壮的因陀罗之子。

> 积私紧陀山区得到这位
> 英雄保护,这里的大地
> 虽然也遭到罗波那蹂躏,
> 但还能呼吸,保持生机。

（说罢,绕行）

163

罗什曼那　大王啊,他就是我的兄长,请过来吧!

波林　(走近)罗摩啊!

> 牟尼是天神和阿修罗之间
> 进行生命赌博游戏见证者,
> 今天,那罗陀仙人看到你
> 进入我的双臂,必定高兴。

罗摩　大英雄啊,这还用说吗? 你已经在好战的勇士中被灌顶为王。

> 你是因陀罗的儿子,这位天王看到阿修罗
> 拽拉天女们的发髻时,会满怀战斗的渴望,
> 转动身体,眉毛紧皱而可怕,一千只眼睛
> 愤怒而发红,犹如一个个拔出箭后的伤口。

还有,

> 你长期在清晨黄昏修禅
> 　　终于实现自己苦行誓愿,
> 罗刹王那些圆柱般手臂
> 　　征服世界,而桀骜不驯,
> 却被你囚禁在自己腋下,

你让大海和所有的河流
惊讶不已,除了雷瓦河①,
　　曾目睹阿周那英勇事迹。

波林　（微笑）

你以消灭罗刹而闻名于世,
我今天终于见到你,听到
你如同甘露般甜蜜的话语,
让我的心中感到十分满意。

还有,

你拉断能毁灭所有国王
　　生命的神弓,现在又让
持斧罗摩拿起祭祀木勺②,
　　你的威力如同神奇药草,
治愈天国、空间和大地

---

① 雷瓦河(revā)即那摩陀河。这里指阿周那(也称迦多维尔那)曾在雷瓦河中与后宫嫔妃一起嬉戏。他用一千条手臂挡住河水。这样,河水溢出河岸。这时,恰好罗波那在河边敬拜湿婆神像,受到溢出的河水干扰,勃然大怒,与阿周那发生冲突,结果被阿周那打败,关进牢狱。后来,阿周那看在罗波那父亲的情面上,释放罗波那。
② 这是指让持斧罗摩放下武器,回归婆罗门,履行祭司的职责。

三界心中长期的致命伤，

因此，我的这一双手臂，

长久以来渴望能见到你。

罗摩 （微笑）

确实是这样，我的弓

已经上弦，这次准备

彻底根除罗刹的光辉，①

作为战斗的最大酬报。

因此，请大英雄也拿起武器吧！

波林 （微笑）好啊，伟大的刹帝利！你说话完全符合刹帝利
法则。

按照战斗规则，勇士各自

使用符合自己出身的武器，

我们猴子不使用铁制武器，

而使用双脚、手掌和爪子。

罗什曼那 贤兄啊，这位大英雄说得很对，动物一向以全身

———————————

① 这是指要杀死罗刹王罗波那。

的肢体作为武器。

罗摩 （微笑）

罗波那的儿子竭尽全力，

　　让受到乔答摩仙人诅咒[①]

而臂力受限制的因陀罗

　　丧失名誉；[②]你把罗波那

夹在腋下，让他仿佛是

　　洞中一只蟹；你能保持

警觉，为父亲排忧解难，

　　确实堪称真正的好儿子。

而命运安排今天你要成为我的箭靶。

波林 （愤怒）

我把楞伽王夹在腋下，他的

　　手臂关节快要破裂，以致他

叫喊愿意献出自己征服三界

　　赢得的名声，而阿周那也有

[①] 乔答摩为因陀罗勾引他的妻子阿诃利雅而诅咒他。

[②] 这里所说"罗波那的儿子"指弥伽那陀（mcghanāda）。按《罗摩衍那》，罗波那曾经进攻天国，与因陀罗交战，被因陀罗的金刚杵击倒在地。弥伽那陀具有幻力，隐身跳上因陀罗的战车，捆绑因陀罗，把他带回楞伽岛关押。后来，梵天出面调停，罗波那才释放因陀罗。

与我相同的英勇事迹，现在，

你又战胜了持斧罗摩，因此，

如果我不战胜你，我就永远

是个落后者，内心不得安宁。①

因此，来吧，让我们去一个适合交战的地方。

（两人绕行）

古诃 （独白）幸运啊，我们的愿望就要实现了。

罗什曼那 （观看幕后）那边跑来了两个猴子，看来想要从后面攻击我的兄长。因此，我也要挽弓上弦。

古诃 （观看，喜悦）王子罗什曼那啊，你别担心！这是须羯哩婆。他敬仰罗摩的品德，而忌恨波林。他现在勇气倍增，前来参加战斗。

罗什曼那 幸运啊，这是太阳之子须羯哩婆！那么，另一个是谁？

古诃 这是积私紧陀山猴军中首屈一指的勇士，风神的一位妻子的儿子哈努曼。

罗什曼那 怎么，他就是风神之子哈努曼？确实，

---

① 这里的意思是波林和阿周那都能战胜罗波那，而持斧罗摩能战胜阿周那，罗摩又战胜了持斧罗摩，因此，波林唯有战胜罗摩，才能成为天下第一勇士。

梵天的诅咒阻碍他认知自己的威力，
而认为世界应该由其他的英雄统治。

他肯定能解除我们心中的痛苦。现在是决斗的时刻。
赢得胜利女神的荣誉唯独属于我的兄长，而非我、须羯
哩婆或其他人能参与分享。

古诃 （激动）王子啊，你看，你看！

那支箭射穿波林掷来的七棵多罗树，
射死波林之后，又返回罗摩的箭囊。

好啊！

他已经把自己的生命，连同脖子上的
金莲花环交给了罗摩，作为待客之礼。
犹如一座高山，连同山上流向四方的
名誉河流倒塌，这位猴王已躺倒在地。

罗什曼那 （伤感）天王因陀罗啊，即使你有一千只眼睛，哪
里还能见到像波林这样的大英雄儿子？

（幕后传来鼓声和喜庆歌声）

古词 怎么？尼罗正在用金水罐为须羯哩婆灌顶，此前占波梵等已经念诵过咒语。十车王之子罗摩亲自把金莲花环戴在须羯哩婆脖子上。

罗什曼那 太好了，太好了！

（幕后传来话音）

诸位猴王、熊王和猿王啊，大王须羯哩婆向你们发布命令："你们要做好为王位后继者灌顶的一切准备。我要派遣哈努曼去打听公主悉多的消息，随后要为王子莺伽陀①灌顶。"

罗什曼那

这所有一切让我们高兴满意，
唯独因陀罗为波林死去伤心。

（空中降下花雨，传来话音）

祝世界之主罗摩胜利！

---

① 莺伽陀(aṅgada)是波林的儿子。为莺伽陀灌顶也就是立他为太子。

吉祥女神不喜欢一国两主,现在波林死去,

陀罗①之夫须羯哩婆成为积私紧陀唯一国王,

因陀罗听说自己的孙子鸯伽陀已成为太子,

满心欢喜,流下的两行热泪成为珍珠项链。

罗什曼那　这是喜上加喜。朋友啊,来吧! 让我们去参加喜庆活动。

（两人下场）

第五幕终。

---

① 陀罗(tārā)原本是波林的妻子,现在成为须羯哩婆的妻子。

第六幕

（然后，摩哩耶梵上场）

摩哩耶梵 （观察四周，痛苦）天啊！

哈努曼翘起的尾巴

刹那间点燃楞伽城，

那些金碧辉煌住宅，

在烈火中烧成一堆。①

还有，

闪耀的火焰在住宅中

---

① 按《罗摩衍那》，神猴哈努曼一跃而过大海，寻找悉多。他找到悉多后，
被因陀罗耆抓住。一些罗刹点燃哈努曼的尾巴，想要烧死他。而哈努
曼成功逃脱，带着翘起的尾巴上的火焰，在楞伽城中四处乱窜，使楞伽
城陷入一片火海。

呈现各种色彩和形态，

上蹿下跳，火光直至

那些住宅焚毁才平息。

（思索）天啊，命运难以违逆！

罗波那是财神俱比罗的弟弟，

　　凭借自己那些手臂征服三界，

恣意掠夺一切财富，也做出

　　抬起盖拉瑟山这种鲁莽举动，①

他居住的这座城市甚至胜过

　　天国因陀罗的都城，而现在

竟然被这个猴子糟蹋成这样，

　　哎呀，这显然也是命中注定。

这难道不是罗波那自己作孽？（痛苦，仰望空中）补罗私底耶的后裔啊！

梵天肯定是觉得十四门知识②

---

① 罗波那曾经驾驭飞车在空中飞行，途经盖拉瑟山时，受到阻遏。湿婆的侍从告诉他，湿婆在山上，飞车不能飞越，请他返回。而罗波那藐视湿婆，用手臂抬起盖拉瑟山。于是，湿婆用脚趾踩下盖拉瑟山，压碎罗波那的手臂。

② "十四门知识"指四吠陀、六吠陀支、弥曼差论、正理论、法论和往世书。

在自己四个脑袋中拥挤不堪,

让自己的孙子长有十个脑袋,

可是,你怎么依然这样愚钝?

(思索片刻,痛苦)看来我们的家族要崩溃了。

罗摩已经杀死伽罗等罗刹,

风神之子哈努曼也杀死了

罗波那的儿子阿刹,而他

自己又造成维毗沙那出走。①

何必再为这些不幸事件发愁?现在,听说罗摩已让军队驻扎在大海北岸,不知情况怎样。(观看前面)派去侦察罗摩情况的苏伽和娑罗那回来了没有?

(娑罗那上场)

娑罗那 向外公②致敬!

摩哩耶梵 (喜悦,坐在他身边)孩子娑罗那啊,你是从须羯

---

① 阿刹(akṣa)企图抓捕潜入楞伽城的哈努曼,反被哈努曼杀死。维毗沙那(vibhīṣaṇa)是罗波那的弟弟,他劝说罗波那释放悉多,遭到罗波那痛斥,于是他出走,投奔罗摩。

② 摩哩耶梵(mālyavān)是罗波那的岳父。

哩婆营地回来的吗？

娑罗那 是的。

摩哩耶梵 告诉我你了解到的情况。

娑罗那 我已经上百次告诉过外公，猴子们成为罗摩的军队。现在，为了架桥渡海，猴子军队已经集合在一起。我也乔装成猴子，可是大王维毗沙那……（住口，恐慌）因为我长久住在罗摩的营地，已经习惯这样称呼。

摩哩耶梵 （惊恐）难道罗摩已经为维毗沙那灌顶为王？

娑罗那 正是这样。

摩哩耶梵 （仿佛发愣，然后叹息）孩子啊，别害怕，继续告诉我情况吧！

娑罗那 王子维毗沙那认出了我。他们抓住我，送到罗摩面前。

摩哩耶梵 （担心）后来呢？

娑罗那 然后，罗摩对待我像对他自己的大臣，尊重我，放我回来。

摩哩耶梵 （微笑）那还用说？想要战胜敌人者都会保持自己的优良品德，罗摩尤其这样。因为，

白莲善待蜜蜂，无论这蜜蜂原本停留
在自己身边，还是来自于敌对的莲花①，
同样，善人竭力善待所有人，无论是

---

① 白莲属于夜晚绽开的莲花，敌对的莲花指白天绽开的莲花。

自己人或其他人,并不怀有特殊企图。

那么,苏伽的情况怎么样?

娑罗那 我不知道。

摩哩耶梵 (思索)我担心维毗沙那与罗摩结盟会给自己的族类带来灾难。

娑罗那 尊者啊,王子维毗沙那出身高贵家族,明了正法,怎么会背叛兄长,投靠敌人?

摩哩耶梵 孩子啊,你去问罗波那。(叹息)或者,问命运!

娑罗那 尊者啊,如果我可以听取,你就告诉我吧!

摩哩耶梵 王上看到无忧树园林遭到风神之子哈努曼糟蹋,对维毗沙那说道:"贤弟啊,你看!这个邪恶的猴子只是受到两个凡人支持,怎么会变得这样猖狂?"

娑罗那 后来呢?

摩哩耶梵 然后,维毗沙那谦恭地回答说:

你应该尊重凡人,你曾经亲自面对阿周那,
你也应该记住波林的手臂,不要轻视猴子,
因此,罗波那啊,我请求你举行拜火祭祀,
把悉多送回,也释放被你关押的那些天神。

娑罗那 (钦佩,惊讶)外公提到波林的手臂,让我想起这件事。尊者啊!

那些猴子手臂粗壮似圆柱,抱来许多
山顶架桥,前臂的汗毛都已经被擦掉,
其中的文底耶山妒忌弥卢山而在升高,
新增长的山顶柔软,不能承担这任务①。

(担忧)后来呢?

摩哩耶梵　然后,罗刹王勃然大怒,头脑发昏,行为冲动,造
　　成王子投靠敌人。

娑罗那　（痛苦,仰望空中)王上啊,你是补罗私底耶的后裔!
　　你的不当行为将成为例证,被世上人们用来说明自取灭
　　亡的原因。(请求)

王上啊,吉祥女神有六个敌人②,
消灭其中一个,就可以留住她,
犹如蜜蜂有六只脚,只要砍断
其中一只,就能让它成为跛脚。

(面向大臣)尊者啊,看到罗摩集合猴军,我就担心维毗
沙那可能会成为我们家族世系的唯一幸存者。

摩哩耶梵　（叹息)孩子啊,你了解双方阵容,现在我们适合

① "不能承担这任务"指山顶柔软,不适宜用来填海架桥。
② "吉祥女神"象征王权。所谓"六个敌人"指爱欲、愤怒、贪欲、骄慢、愚
　痴和妒忌。

做什么？

娑罗那　尊者啊，我说有这个办法：王子莺伽陀还年幼，刚刚开始懂事。他像一个还没有烘干的陶罐，放到哪儿就会吸收哪儿的潮气。

摩哩耶梵　什么办法？

娑罗那　我们可以派遣一个密探，以十首王的名义告诉莺伽陀说："我会杀死你的父亲的敌人，为你灌顶，让你成为积私紧陀国王，因为我想报答与你的父亲波林之间的友情。"这样，莺伽陀就会离开须羯哩婆的营地。一旦他离开，猴王须羯哩婆会发现猴军内部出现恐慌，军心涣散，暗藏危机，他就不会尽力效忠罗摩。

摩哩耶梵　（微笑）孩子啊，你的想法很好。但是，莺伽陀还年幼，依附家人。而且，他刚被立为太子，倍感荣耀，沉浸在快乐中，很难劝说他离开。还有，他的父母和亲友与须羯哩婆关系紧密，怎么会允许他这样做？

娑罗那　尊者见解高明。还有，施展谋略要抓紧时机。那些富有勇力的猴子完成了架桥任务，罗摩已经渡海，来到苏吥罗山脚。

摩哩耶梵　（思索，惊讶）

如果凡人能越过大海，那么，
世界也能超越十首王的威力。

无价的罗摩

(沮丧)

罗摩会让罗波那的双脚
　　从此失去天神和阿修罗
头顶敬拜而形成的花环；
　　他已经架桥渡海,现在,
太阳已经变得格外明亮,
　　让莲花丛在阳光中竞相
绽放,月亮也格外甜蜜,
　　让众天神尽情品尝甘露。

(思索)孩子娑罗那啊,罗摩杀死了波林,没有后顾之忧,
全力支持他的朋友,拥有大量猴军的猴王须羯哩婆。而
且,通过哈努曼的楞伽城之行,他也了解这里的情况。
现在,他抓住时机,已经做好发动进攻的一切准备。

娑罗那　尊者啊,正是这样。常言道:渴望胜利者的谋略立
足于精神和物质的力量。而罗摩正是这方面的楷模。

摩罗耶梵 (发愣)

波林被杀死时,我们并不在意,这也正常,
因为即使双臂强壮有力,也难以克服渡过
大海的艰难障碍,然而,罗摩尽管是凡人,
却具有超凡品质,渡过间隔几百里的大海。

（叹出深长的热气，仰望空中）

> 这位举世无双大英雄的
> 　　母亲奈迦希，堪称天下
> 母亲顶珠，她生下这个
> 　　长十张嘴的儿子，其中
> 两张嘴吃奶时，其他的
> 　　八张嘴焦急哭叫，伸舌
> 乱舔，如今若看到这个
> 　　优秀儿子处境，会怎样？

娑罗那　别这样说，别这样说！这不吉利，不吉利！即使平安无事时，父母双亲也会为儿子担心。尊者啊！

> 王权的重担由十首王的众多手臂
> 支撑，也用各种绳索紧紧地捆住，
> 纵然他竭尽全力肩负重任，如果
> 王权倾倒，也是王权本身不坚定。

摩哩耶梵　（流泪，发愣）

> 我知道我们已经遭遇厄运，但是，
> 此刻我不想谈论自己，如果我们

家族还能有人祭供祖先,那也是

依靠大牟尼毗尸罗婆①的苦行功德。

(苏伽慌慌张张上场)

苏伽

罗摩率领猴军渡过大海,

已经包围楞伽城,杀死

钵罗诃私陀、图牟罗刹

以及摩护陀罗等等将领。

摩哩耶梵　(沮丧)我已经预料到这一切。确实,老人的思想
犹如镜子,一切时空中的事物都会在眼前映现。(思索,
仰望空中)好啊,罗摩,好啊!渴望胜利者抓紧时机,必
定会成功。

娑罗那　朋友苏伽啊,说说罗刹王现在在做什么。

苏伽　(苦笑)他能做什么?

楞伽王听到罗摩已抵达苏吠罗山脚扎营,

他的十只手臂拨动弓弦,声音响彻四方,

---

①　毗尸罗婆(viśravas)是罗波那的父亲。

同时也在磨剑，然而他的另外十只手臂，

正在画板上熟练地描画毗提诃公主胸脯。

摩哩耶梵　（叹息）天啊，我的孩子罗波那！怎么事到如今，
你的心思还这样固执？（面向苏伽）孩子啊，负责守护城
门的首领那兰陀伽情况怎样？

苏伽　（叹息）尊者啊，这位王子守护城门，可是，鸯伽陀……
（说不下去，流泪，低头站着）

摩哩耶梵　（叹息）天啊，十首王的儿子啊！我怎么能活得这
么长久而看到你死去？

（幕后传来话音）

喂，喂，以摩诃波哩湿婆为首的士兵们！

那些猴子望着你们的背，

赶快转身回来吧，敬拜

满脸燃烧着箭火的战斗

女神，因陀罗者一心要

杀死罗什曼那才会满意，

鸠槃羯叻拿是罗波那的

弟弟，他也要亲自拿起

武器，你们还用害怕吗？

娑罗那 （倾听,喜悦）尊者啊,我们的军队现在有了靠山。
王子鸠槃羯叻拿已经醒来①,他让因陀罗耆担任前锋,亲
自投身战斗。

摩哩耶梵 （叹息）鸠槃羯叻拿和因陀罗耆以及罗摩和罗什
曼那,但愿他俩胜利。

苏伽 （沮丧,独白）尊者怎么说话含含糊糊,没有说清他俩
究竟是谁?

摩哩耶梵 （痛苦）苏伽和娑罗那啊,今天罗刹王的王权命运
全靠鸠槃羯叻拿了! 但是,我们还不知道,

鸠槃羯叻拿这位英雄究竟
会让他的兄长十首王保持
王位,还是会让他的弟弟
维毗沙那取而代之登王位?

（幕后传来话音）

龟王和蛇王啊,这位
罗刹王吩咐告诉你俩:
"你俩不必害怕,今天

---

① 按《罗摩衍那》,鸠槃羯叻拿无情吞噬众生,受到梵天诅咒,沉睡六个
月,直到现在才被罗刹们唤醒。

不会给你俩加重负担。"①

苏伽 （喜悦）那么，我们肯定会取得胜利。

摩哩耶梵 （专心倾听）

（幕后再次传来话音）

罗摩轻松地先后砍断了

鸠槃羯叻拿双臂，然后

砍下他的头颅抛入空中，

他的身躯最终躺倒在地。

摩哩耶梵 我的孩子啊！（昏倒在地）

苏伽和娑罗那 （流泪）尊者啊，请放宽心，放宽心！

摩哩耶梵 （苏醒）两位孩子啊，悉多遭到劫掠，而罗摩活着，
我早就预料到会发生这一切。现在怎么可能让我放心？

苏伽 天啊，这是王上告诉我们说鸠槃羯叻拿已经躺倒在地。

摩哩耶梵 孩子娑罗那啊，这真是罗波那在说话吗？肯定是
那些猴子逗乐取笑，模仿罗波那说话。

娑罗那 这些卑劣的猴子！

---

① 按印度神话，龟王和蛇王支撑大地。这里的意思是鸠槃羯叻拿不会战
死倒地，增加龟王和蛇王的负担。

如果有勇气，那么就施展你们的本事，
战胜不了因陀罗者，呸，只会恶作剧！

（幕后传来话音）

喂，喂，各位猴子将领们，你们都登上楞伽城墙的拱门吧！

就是这个邪恶的罗刹，曾经阻止
全副武装的因陀罗降下阵阵箭雨。

摩哩耶梵　（激动）天啊，还用听下去吗？（捂住耳朵）

（幕后继续传来话音）

现在，由一位英雄作为
祭司，他完成武器祭祀，
多么幸运啊，罗什曼那
已让因陀罗者长眠安息！

摩哩耶梵　人们说："痛苦到达极点，也就不再痛苦。"这话说
　　　得一点儿也不错。因为遭到这样致命的沉重打击，我们
　　　还活着。

苏伽　（抬头观看）一排排飞车布满天空四方，看来王上准备

战胜罗摩,难以抑止的愤怒烈火已经烧干忧伤之海。

娑罗那 (沮丧,独白)哎呀,他怎么说 dāśarathivijayāya[①]?
这造成主宾难以分辨,意义不清。

摩哩耶梵 (起身)虽然我已经年老,我仍然要去刀刃圣地净
化自己。[②]

(摩哩耶梵与苏伽和娑罗那一起下场)

(插曲终)

(然后,两个持明[③]乘坐飞车上场)

宝髻 嗨,很久以来,我们终于能飞经这条空中之路,不必担
惊受怕。(观看下方)

这里是十首王英勇的女友

楞伽城,拱门装饰有专供

因陀罗使用的欢喜园林的

花环,街道上布满罗刹女

———

① 这是上面苏伽那句话中所说的"战胜罗摩"这个复合词,既可读作战胜
罗摩,也可读作罗摩取胜。

② 这句的意思是摩哩耶梵虽然已经年老,仍然准备上战场参战,而不是
去圣地修行。

③ 持明(vidyādhara)是半神类,具有神通力。

乘坐的花轿,她们经常会

　　好奇昂首观看空中的战斗。

还用说吗? 这是天神飞车

　　不在这里空中飞行的原因。

(忧伤,好奇)朋友金钏啊!

你看这些罗刹的住地,那些花园经过

因陀罗大量泪水浇灌,多么优美可爱!

甚至那些儿童游戏玩耍,也模仿战胜

因陀罗的军队,学会嘲讽敌人的勇气。

金钏　朋友宝髻啊,这还用说吗?

我们以前也听说罗刹,但哪里见过罗波那

这样的英雄,他的那些手臂威力能给世界

带来灾难? 他在城门前竖立永久的纪念碑,

刻写的赞颂文字如同因陀罗的一千只眼睛。

宝髻　朋友金钏啊,你看,你看! 战鼓在罗波那都城的街道
中敲响。

那些罗刹住宅的拱门上悬挂

　　　　来自八个方位象①装饰象牙的

　　珍珠花环，城里的囚犯看到

　　　　因陀罗使用过的锁链，也就

　　不再哀伤，这些住宅从小是

　　　　胜利女神的玩伴，那些罗刹

　　美女与曼度陀哩亲近而骄傲，②

　　　　现在这些住宅开始震动摇晃。

金钏　（微笑）现在的情况确实是这样。

　　看到罗摩如同森林大火在罗刹森林中任意

　　燃烧，又见自己心爱的丈夫一心迷恋悉多，

　　曼度陀哩肯定内心纠结，忽而希望自己的

　　一方获得胜利，忽而又希望自己一方失败。

宝髻　（怜悯，微笑）朋友啊，我们的老祖父梵天佩服曼度陀哩的儿子弥伽那陀战胜因陀罗的勇武，亲自赐予他因陀罗耆③这个称号。现在，曼度陀哩为失去这个儿子哀伤不已。即使她是敌人的妻子，你也不应该取笑她。（观

---

①　"方位象"是守护大地八方的神象。
②　曼度陀哩（mandodarī）是罗波那的妻子。这首诗主要描写罗波那的威力，征服大地八方，也曾经囚禁天王因陀罗。
③　"因陀罗耆"的原词是 indrajit，词义为战胜因陀罗。

看前面)怎么在右边,人群分成两半站着?(观察,恐怖,
好奇)朋友啊,你看,你看!

十首王脚步沉重,致使

　　大地一次次倾斜,他的

目光紧盯月笑剑,所有

　　手臂剧烈地向大地四方

挥动,那些脑袋如空中

　　拱门的花环,那些愤怒

眼睛如花环上的红莲花,

　　他急冲冲出城迎战敌人。

金钏　(观察)虽然我也见过他出城迎战,但这一次大不一
　　样,显得特别可怕。朋友宝髻啊!

他的胸脯天生宽阔强壮,

　　以前遭到因陀罗金刚杵

打击,顿时肿胀,仿佛

　　要喝下整个天空,他也

让吉祥女神变成在他的

　　手臂森林中游荡的粗野

母象,你肯定记得这位

　　十首王过去的所作所为。

宝髻　朋友啊,这还用说吗? 这位十首王是首屈一指的大英雄。

> 天王因陀罗取悦他,经常
> 　　送给他如意树的花朵作为
> 装饰品,这样的花朵人工
> 　　无法复制。河流之王大海
> 也心情沮丧,害怕遭到他
> 　　严酷的惩罚,献给他大量
> 珍珠,还要特意向他说明
> 　　海底已经没有剩余的珍珠。

金钏　(害怕)怎么,这位大英雄已经到达这里? 他手中持弓,乘坐快速的战车,那些产自婆那优地区的良种战马渴望战斗而发出狂热的嘶鸣,刺痛附近死神乘坐的水牛耳朵。

宝髻　(恐惧,好奇)

> 罗波那一向是测验众天神
> 　　骄傲的试金石,现在他的
> 那些脸庞可怕,犹如劫末
> 　　升起许多灼热太阳,看到
> 自己的众多手臂游戏般与
> 　　一个凡人决斗,面露羞愧,
> 双方的军队已经举起武器,

开始交锋,大地气氛恐怖。

金钏 （好奇）朋友啊,你看右边!

那些猴子搬来文底耶山
　那些山顶,而投山仙人
当时匆忙制止它们升高,
　这些山顶变得凹凸不平,
因此没有用于填海架桥,
　这些猴子凝视着罗波那,
走近他,数着他的脑袋,
　突然间感到害怕而逃跑。

宝髻 （观看,喜悦）

那些罗刹游戏般地击碎猴子们
用作武器扔过来的那些檀香树,
而树上那些蛇坠落下来,缠住
他们的身体,让他们痛苦不堪。

金钏 （微笑）还有这里,

天女们害怕被误会选择罗刹为丈夫,

　　　没有向这里的战场撒下天国的鲜花,①
　　　而这个罗刹被猴子扔来一棵开花的
　　　树击中,躺倒在地,身上覆盖鲜花。

宝髻　(思索片刻)朋友啊!

　　　猴子们的身体闪耀光辉,仿佛照亮
　　　夏日天空,罗刹们的身体黯然失色,
　　　仿佛突然制造黑夜,他们追逐猴子,
　　　就像是浓密的烟雾笼罩明亮的火焰。

金钏　(微笑)朋友啊!

　　　猴子们以大树为武器,正在创造
　　　奇迹! 随着罗刹们接连不断倒下,
　　　腾出空间,十首王的名誉渐渐地
　　　失去力量,从天空四方往后撤退。

宝髻　(激动)哎呀,多么可怕!

　　　罗刹们把猴子们扔来的山顶击成碎片,

---

① 按印度神话,刹帝利武士战死后会升入天国,因此,天女们经常观看大
　地上的战斗,撒下鲜花,并为自己选择丈夫。

布满箭雨中的空隙,随即十首王出现,
发出愤怒狂笑似火焰,他犹如携带着
闪电的乌云,四面八方顿时黑暗弥漫。

金钏 (立即观看)嗨,许多小人物团结一致,甚至也能扳倒
大人物。

那些英勇的猴王以填海
　　架桥剩下的岩石为武器,
纷纷从北边跃上罗刹的
　　都城,十首王伸长脖子
观看四面八方,所有的
　　眼珠燃烧着炽烈的火焰,
甚至烤干了那些骄傲的
　　方位象流淌的颤颤液汁。

宝髻 (沮丧)唉,我好像看到大难临头。因为那些罗刹看到
自己的铁杵砸开猴子们的胸脯,高兴得脸颊汗毛直竖,
聚在一起欢宴,畅饮不断流淌的鲜血。现在,他们正在
追逐各处的猴王。

金钏 朋友啊,不要绝望。你看这里,

在十首王密集箭雨逼迫下,

猴子们翘着尾巴纷纷逃跑，
而猴王迅速安抚这些猴子，
鼓励他们勇敢与敌人交战。

宝髻 （观看，沮丧，微笑，惊奇）

猴王作为武器扔出的那些树木已经熄灭
在十首王胸膛摩擦引起的火灾，但猴王
搬起和扔出的山顶，在十首王那些手臂
碾压下，连同树丛和瀑布变成一堆烂泥。

金钏 （微笑）朋友啊，这对十首王不算什么。

他曾经连根拔起水晶山顶的盖拉瑟山，
扯断了山根与大地的坚固连接，因此，
直至今天，湿婆一旦跳起刚烈的舞蹈，
这座山会摇晃，其他的山也随之摇晃。

我猜想，

猴王以大树作为武器，扔到
楞伽王胸膛上，柔软似莲藕，
而爱神花箭射出的花朵肯定

击中要害，因为他苦恋悉多。

宝髻 朋友啊，还用说什么？罗波那肯定属于伟大人物。

以前他依次砍下自己的脑袋投入祭火，
即使看到燃烧而迸裂的前额碎骨已经
预示他的命运，仍毫不动摇抚慰梵天，
谁敢与这位天下首屈一指的英雄为敌？

金钏 朋友啊，你看，你看！这多么可怕，又多么神奇！

猴王和罗刹王持久激烈交战，罗刹王
射出的箭击碎猴王扔来的一块块巨石，
而猴王扔出的大树击碎罗刹王投出的
标枪和长矛，现在他俩开始徒手搏斗。

现在，可以肯定，

在猴王沉重步伐踩踏下，蛇王的那些头
下垂，使劲喘息而脖子鼓胀，以致项链
断裂，宝石散落，仿佛前面的顶冠破碎①，

---

① 按印度神话，地下世界的蛇王支撑大地。他有一千个头，因此有一千
个顶冠，每个顶冠上都有宝石。

而蛇王依然顽强挺起那些头，支撑大地。

(沮丧)哎呀，罗波那用手臂紧紧夹住须羯哩婆，向他说什么？

猴子啊，你与我搏斗已经
疲惫不堪，现在可以摇晃
我的手臂树林，轻而易举
获得果子，让你享受快乐！

宝髻　　(喜悦)猴王已经灵巧地挣脱罗刹王的手臂。罗刹王的话语刺痛他的心，现在他反唇相讥。

虽然你长有二十条手臂，完全
　　　可以同时拽住和一齐砍下你的
所有脑袋，而你却留下第十个
　　　脑袋，让它一次次报告其他的
脑袋已经被砍下，那么，现在
　　　就让猴王首先用自己十个指甲，
一个不剩地砍下你抚慰湿婆的
　　　所有十个脑袋，再享受快乐吧！

还有，罗刹王啊！

这是诛灭十首王罗波那的戏剧，
罗摩是导演，而我是他的助手，
我们是为众天神观众表演这部
含有种子、结果和情味的戏剧。

说罢，猴王跃身上前，猛烈打击罗波那的脑袋。罗波那
靠在战车旗杆上，好不容易缓过气来。

金钏　（观看四周，喜悦）

天国花匠们正在用如意树剩下的花朵
悄悄为天王编制头顶花冠，现在看到
新的灾难开始①降临十首王的那些头顶，
我们的飞车害怕受到威胁而发出呼叫。

（沮丧）哎呀，十首王又恢复元气，猴王遭到他的沉重打
击，昏迷过去。尼罗和哈努曼急忙前来救护他，带他离开。

宝髻　朋友啊，在初步交战中，英雄之间互有胜负不下成百
次，何必绝望？

金钏　（观看另一处）朋友宝髻啊，好运来了！因为，

罗摩曾侍奉众友仙人，学会使用神奇武器，

----

① "开始"的原词是 prastāvanā，也读作序幕，暗含的意思是猴王与罗波
那交战和对话是罗摩诛灭罗波那这场戏的序幕。

他也曾与持斧罗摩交战,是太阳族的旗帜,

这位备受尊敬的克敌英雄,现在,他手中

持弓,睁大好奇的眼睛,已经来到了这里。

宝髻 (喜悦,观看罗摩,面向罗波那)罗刹王啊!

罗摩已经来到,他还是

　　一个少年,就拉断湿婆

坚固的神弓,他也采取

　　可爱的方式,制伏牟尼

持斧罗摩,让他的手臂

　　冒汗,还需要说什么吗?

你今天有幸与波林一样

　　被他诛灭,而扬名世界。

金钏 (好奇)朋友啊,你别说话! 让我们听听罗波那说什么。

宝髻 (侧耳倾听)什么? 他说:好啊,刹帝利少年,好啊!

我的双臂曾经游戏般抬起

　　放下湿婆居住的盖拉瑟山,

而在求娶遮那迦的女儿时,

　　我也没有破坏湿婆的神弓;

我的这些箭闪耀愤怒火光,

已经烤干了天王因陀罗的

大象颤颤液汁,它们怎么

能够容忍看见你活到今天?

金钏　（惊讶）怎么他现在还视同三界为草芥,这样狂妄自大?

宝髻　（嘲笑）朋友啊,你怎么会感到惊讶?

以前他骄傲地砍下自己那些头,

剩下最后一个头,然后他避开

湿婆另一半女性身躯,高兴地

将这个头拜倒在湿婆那只脚上。①

（抬头观看,思索）好像太阳神的战车驶来罗摩这里。

金钏　朋友啊,你怎么没有看清楚?那是摩多梨②。他拿着
　　　因陀罗的铠甲,上面有一千个月亮形状的洞,供因陀罗
　　　身上一千只眼睛向外观看。（凝视片刻）

天王因陀罗的飞车闪耀

各种珠宝的光芒,形成

一千道彩虹,还送来他

---

①　按印度神话,湿婆被说成是男女合体,身体的另一半是他的妻子波哩
　　婆提。因此,罗波那骄傲地只敬拜湿婆的那只脚。

②　摩多梨(mātali)是因陀罗的车夫。

在战斗中使用的那张弓。

（侧耳倾听）罗波那的侍卫说什么？他说：嗨，你这个因陀罗的车夫！

食肉的罗刹王已经止住
　　天神和阿修罗军队手臂
瘙痒，如同耍蛇人解除
　　蛇毒，却没有制伏你的
骄傲，因此，你还胆敢
　　把因陀罗的飞车和铠甲
带给罗摩，他与我们的
　　大王为敌，不想活了吗？

宝髻　（倾听）罗摩说什么？他说："确实，主人有什么品行，仆从跟随着也有什么品行。即使恶劣的品行会导致主人毁灭，他们仍然跟随主人夸口吹嘘。"

金钏　（在空中倾听）罗波那说什么？他说：你这个苦行者的弟子啊！

我的手臂征服三界，毁灭一切，因陀罗
一千只眼睛曾经冒出愤怒的火光，然而，
顷刻间火光熄灭，泪流满面，因此无论

我现在的品行如何,我的手臂决定一切。

宝髻 （侧耳倾听）罗摩说什么？

"如果你的这些圆柱般手臂确实掌握三界
胜利女神,那么你为何还要以砍脑袋的
方式向湿婆求取恩惠？或者,你的脑袋
不难获得,因为你是创造主梵天的后代。

你说你的手臂现在照样如此,那么,今天会接受验证。"
金钏 （侧耳倾听）罗波那说什么？他说："嗨,你这个刹帝利
幼崽！你的祖先阿那兰若已经接受验证,现在轮到你接
受验证。"
宝髻 （侧耳倾听,微笑）罗摩说什么？他说：嗨,罗刹女的儿
子啊！

我并不为你杀死我的祖先而沮丧,刹帝利
无论取胜或战死,怎么会丧失荣誉？然而,
你被阿周那战胜,成为阶下囚,你的祖父
补罗私底耶乞求他释放你,倒是令人难堪。

金钏 （侧耳倾听）罗波那说什么？他说："嗨,你这个刹帝
利幼崽真能耍嘴皮吹嘘！难道你以为自己是前所未有

的工艺师，能在罗刹王的名誉月亮上抹上斑点？你做不到！"（惊慌，观看）怎么？曼度陀哩的丈夫开始泼洒箭雨了！

宝髻　悉多的丈夫也开始反击了！（微笑）

> 罗波那的那些箭已被罗摩击碎，
> 箭头迅速落地，箭羽缓缓飘落。

还有，

> 罗摩发射的那些箭在罗刹王战车的
> 车轴、旗杆、车夫和马匹身上游戏。

金钏　（惊恐）哎呀！

> 罗波那的箭雨遮蔽天空而四周变暗，
> 淹没罗摩乘坐的那辆因陀罗的战车。

（观看良久，惊讶）朋友啊！

> 他俩互相使用各种各样武器，
> 针锋相对，谁也没有战胜谁。

宝髻　正是这样。

> 罗波那使用许多手臂，罗摩
> 只是使用他的双臂，他俩的
> 战绩不分高下，然而，凡人
> 罗摩的武艺胜过罗刹王十倍。

金钏　（微笑）朋友啊！

> 用二十条手臂与两条手臂交战，
> 罗波那显然违反了决斗的规则。

> （惊恐）怎么？这辆因陀罗送来的战车

> 威慑敌人的旗杆上装饰的孔雀翎毛，
> 被狂妄的罗刹王发射的剃刀箭砍掉。

宝髻　（喜悦）朋友啊，你看，你看！罗摩看到因陀罗的标志
　　　　受侮辱，感到羞愧和愤怒。

> 罗摩发射的那些箭矢伴随有那些骄傲的
> 方位象的颤颤液汁香气，①射中罗波那的

---

①　这句意谓那些方位象看到罗摩即将消灭罗波那，兴奋激动，流淌颤颤
　　液汁。

那些顶冠,这表明因陀罗的妻子将停止
流泪,世上有关罗刹的议论将彻底结束。①

金钏 (沮丧,惊讶)怎么?罗波那无法忍受自己的那些顶冠
被击碎,愤怒地接连不断发射箭雨。

其中一支箭射中罗摩胸前的憍斯杜跋
宝石,啊哈,毗提诃公主乳房的乳头
已经感受这块宝石的坚硬,在另一生,
吉祥女神早已在欢爱中有同样的感受②。

(观看)朋友啊!

罗摩为了拯救世界,而被楞伽王的
一支箭射穿铠甲,而因陀罗的铠甲
有一千个洞,罗摩的鲜血从这些洞
流出,仿佛他的身上有一千个伤口。

宝髻 (喜悦)但是,这位罗怙族王子,

---

① 这句意谓罗摩将彻底消灭祸害世界的罗刹。
② 吉祥女神是毗湿奴的妻子,而罗摩是毗湿奴的化身,因此,这里把吉祥女神说成是毗提诃公主悉多的前生。

他发射的一支利箭射中罗波那的胸脯，
这胸脯妄想擦去悉多胸脯的番红香膏，
这支箭恰好扎在以前他受因陀罗大象
四根象牙①攻击而留下的四个伤疤中间。

金钏 （侧耳倾听，惊讶）罗波那用左手拔出这支箭后，说什
么？他说："好啊，你这个人间幼崽，好啊！

毗湿奴的名为妙见的飞盘具有
战胜所有阿修罗的魔力，曾经
击中我的心窝，顿时辐条破碎，
成为我胸前发光又清凉的装饰。

而你让我的胸口流出血，表明你的武艺胜过天神和阿
修罗。"

宝髻 嗨，罗摩听了敌人的胡言乱语，怒不可遏。

十首王曾经用月笑剑砍断
自己的那些脖子，留下的
伤疤看似可笑的珍珠项链，
罗摩向这些脖子接连发箭。

---

① 按印度神话，因陀罗乘坐的那头大象有四根象牙。

金钏 （惊奇）朋友啊，你看，你看！罗刹王遇到适合与自己
　　　　交战的英雄，倍加兴奋，搅动三界。他接连不断向罗摩
　　　　发箭，仿佛罗摩是供他玩耍的笼中鸟。现在，

> 十首王舞动那些手臂，在他的沉重
> 脚步踩踏下，大地此起彼伏，蛇王
> 喘息着，那些顶冠的珠宝忽显或隐，
> 而始终闪耀，驱除地下世界的黑暗。

宝髻 （观看，害怕）朋友啊，正是这样。

> 面对罗波那，大海波涛
> 　　汹涌，出现貌似大象的
> 海怪，那些方位象愤怒
> 　　离开自己的位置①，蛇王
> 支撑大地，承受更沉重
> 　　压力，顶冠挤成了一团，
> 肢体各部分蜷缩在一起，
> 　　仿佛是全身肿胀的侏儒。

　　　　（向上观看）怎么，那些天神的飞车纷纷驶离？

---

① 这里意谓守护和支撑大地八方的方位象看到大海中出现这种海怪，愤
　怒地准备前去与他交战，这样，蛇王支撑大地承受的压力更加沉重。

摩奴世系的英雄罗摩在默念
众友仙人教给他的使用神奇
武器的咒语,而罗刹王渴望
施展梵天传给他的武器奥秘。

让我俩站在远处观看他俩交战。

金钏 (观看四周)大地剧烈摇晃,罗波那和罗摩分别是补罗
私底耶家族和迦俱私陀家族的伟大英雄,正在激烈交
战,互相使用神奇的武器:太阳神的武器对付黑夜神的
武器,罗睺的武器对付太阳神的武器,毗湿奴的武器对
付罗睺的武器,爱神的武器对付毗湿奴的武器,湿婆的
武器对付爱神的武器。

宝髻 朋友金钏啊,虽然他俩同样进攻和反击,同样投掷各
种武器,但罗摩会取胜,罗波那会灭亡。而主导那些武
器的天神们都显得柔弱无力。因为,

主导罗刹王的那些天神武器,
出于同情罗摩而质地变柔软,
而主导罗摩的那些天神武器,
出于害怕十首王而速度减缓。

(幕后传来话音)

> 罗摩砍下罗波那的一个头颅,它的光辉
>
> 会转移给其他的头颅,增加它们的光辉,
>
> 罗摩砍下罗波那的一条手臂,它的威力
>
> 会转移给其他的手臂,增加它们的威力。

宝髻和金钏 (倾听,高兴,汗毛竖起)这是谁发出的声音,让三界所有众生的感官愉悦?

(幕后传来喧嚣声)

宝髻和金钏 (惊恐)这难道是化身狮子的毗湿奴喉咙发出的高声吼叫,准备震裂众生的内脏? 这好像是梵天胆战心惊,想起湿婆沾有剧毒的脖子发出的吼叫声能让整个世界陷入昏迷。[①]

(幕后再次传来话音)

> 罗刹王使用的武器足以
>
> 撼动天国、空间和大地,
>
> 而罗摩召唤梵天的武器,

---

① 按印度神话,从前天神和阿修罗一起搅乳海时,搅出一种能毁灭世界的毒药,湿婆为拯救世界,吞下这毒药,以致脖子被烧成青黑色。这里意谓他俩听到的喧嚣声仿佛预示世界末日来临。

以瑜伽姿势坐在箭头上，
发射出去，砍下罗刹王

所有头颅，空中如出现
十一个太阳，罗刹王的

无头躯体躺倒在战场上。

宝髻和金钏 （惊喜，向上观看，微笑）朋友啊，你看，你看！
罗波那的那些头颅如同世界末日燃烧的可怕火焰呈现
金黄色。（他俩迅速走近，观看下面）
金钏 （怜悯）赫赫有名的大英雄楞伽王啊，这是你的下场。

你劈开因陀罗的大象颞颥，获取珍珠，
你的圆柱般手臂吓得天国后宫妇女们
不再装饰打扮脸颊，你竖立赞颂自己
征服世界的纪念碑，我向你俯首致敬！

（观察）朋友宝髻啊！

十首王的无头躯体躺倒在地，肯定
加重大地的负担，蛇王的身子弯下，
致使大地周围的山脉升高，他蜷缩
身子，竭力挺住顶冠，支撑着大地。

宝髻　朋友啊,罗波那的一切行为都不同寻常。确实,

> 在他采取征服世界的行动时,所有的蛇
> 围绕蛇王圆柱般身体,协助他支撑大地,
> 那些顶冠仿佛互相谈论着自己顶冠上的
> 珠宝,受到摇晃的山底岩石的剧烈摩擦。

现在,十首王失去了生命,身体会变得更加沉重。

金钏　(观看另一处)怎么? 曼度陀哩想要走近十首王的躯体,而那些罗刹女拉住她。(在空中侧耳倾听)可怜啊,这位大英雄的妻子在说什么? 她的悲伤的话音尖厉,犹如猴子跳跃时发出的尖叫。

> 你是我亲爱的丈夫,我亲吻你的许多嘴唇,
> 也受到你的许多手臂拥抱,我的楞伽王啊!
> 你还没有兑现用大腹便便的象头神①的颤颤
> 珍珠为我编制项链的诺言,现在成了梦想。

宝髻和金钏　(悲悯)哎呀,简直不忍目睹,也听不下去。这样凄苦悲伤,即使是敌人,也让人为之心碎。(思索)确实,对于死神,有什么办不到的事?

----

①　象头神是湿婆的儿子。

以前许多天国女俘谦卑地拜倒在
曼度陀哩莲花脚下，曼陀罗花环
滴淌的蜜汁与她脚上的尘土混合，
而现在，她陷入悲惨绝望的境地。

（幕后传来话音）

森林女神已经把天国花木送回天国欢喜园，
因陀罗宠爱的高耳马也被送回天国的马厩，
拥戴维毗沙那的罗刹们也释放囚禁狱中的
天女们，因陀罗望着她们的脸，深感羞愧。

宝髻和金钏 （喜悦）朋友啊，来吧！让我们去看望我们的那
些亲友，他们已被罗波那囚禁狱中多年。

（两人绕行，观看，愉快交谈）

宝髻和金钏 朋友啊，你看，你看！须羯哩婆心情激动，与那
些经受战斗磨难的猴子、熊和猿聚合。罗摩把弓交给罗
什曼那，握住须羯哩婆的手。在胜利女神陪伴下，罗摩
更加光彩熠熠。现在，

罗什曼那的胸口被罗波那的

标枪击中而留下一个小伤疤，

罗摩已为他雪耻而摆脱羞愧，

天女们已经为罗摩撒下花雨，

补罗私底耶看到自己另一个

孙子维毗沙那登上罗刹城的

王位，也高兴满意，悉多的

丈夫罗摩成为一统天下国王。

（两人下场）

第六幕终。

第七幕

（幕后传来话音）

悉多长期住在敌人宫中而受到非议，
她在罗怙族祖先、驱除三界愚暗的
太阳神以及四方保护神面前，投身
火中，又安然走出，证明自己清白。①

还有罗摩，

他已经以罗刹军队士兵的所有头颅以及
十首王的所有头颅作为祭品，投入祭火，
让三界获得平安，现在见到了被楞伽王
劫走的悉多，他悲喜交加而又深感愧疚。

---

① 按《罗摩衍那》，悉多纵身跳入火中，火神把她托出，证明她的清白。

然后，

罗摩与须羯哩婆和维毗沙那，
罗什曼那和悉多陪伴在身旁，
乘坐名为花车的飞车，前往
摩奴世系的圣洁的阿逾陀城。

（插曲终）

（然后，罗摩、悉多、罗什曼那、须羯哩婆和
维毗沙那乘坐飞车上场）

须羯哩婆　（面向罗摩）王上啊！

这座楞伽城，所有的花园受到大海侍奉，
十首王这位英雄的名声在这里播种成长，
也是在这里，你砍下十首王的十个头颅，
而让天王因陀罗的一千只眼睛充满喜悦。

罗摩　王后悉多啊，你看楞伽城的东边和苏吠罗山的西边！

正是为了获得你，这里的地面上布满
罗刹和猴子尸体，至今让人感到恐怖，

一千条血河成为大海最近获得的妻子,①
而数千个勇士成为天国天女们的丈夫。

还有,

猴子们举着檀香树作为武器,在空中
盘旋,而弥伽那陀施展幻力,让整个
天空布满黑暗,能见到檀香树上那些
蛇的顶冠宝石,仿佛萤火虫闪闪烁烁。

悉多　夫君啊,为了悉多,你忍受被蛇缠住的折磨吗?
罗摩　是这样,毗提诃公主啊!

但是,金翅鸟王专吃蛇类,
正是为了我俩,他在这里
不断地啄碎那些蛇的顶冠
宝石,解除蛇对我的束缚。

(思索,微笑)嗨,蛇族确实是异类!

它们用两个舌头品尝各种

---

① 大海被称为河流之主,也就是说,条条河流归大海,都是大海的妻子。

　　　　滋味,而眼睛却同时用来
　　听声和观色,它们的脚爪

　　　　藏在胸脯爬行,尽管世上
　　有其他许多食物,却喜欢

　　　　不用牙齿,吸吮各种气息,
　　蛇族母亲迦德卢啊,是否

　　　　还要生育更多这样的儿子?

　　　　　　（所有人发笑）

悉多　（温柔地微笑,观看罗什曼那,面向罗摩）夫君啊,罗什
　　曼那是在这里获得崇高的名声吗?

罗摩　（兴奋,汗毛竖起）弥提罗公主啊,在我们的右手这一
　　边,我们军队的英雄罗什曼那和十首王军队的英雄弥伽
　　那陀展开殊死决斗,苏吠罗山是见证者。

悉多　这里,

　　　　这个罗刹女毛发直竖,
　　　　浑身冒汗,点燃自己
　　　　丈夫的火葬堆,然后,
　　　　追随丈夫,投火自焚。

罗摩　正是这样,遮那迦王的女儿啊！这里也是胜利女神选

择罗什曼那为丈夫而结婚的礼堂。也是在这里,

哈努曼搬来德罗纳山,
治愈罗什曼那的箭伤,①
由此,也终于为整个
世界解除致命的病痛。

悉多 (回忆)王上啊,哈努曼现在在哪里?他是须羯哩婆军
队的支柱,也是罗怙族最难得的朋友。

罗摩 王后啊!

我杀死罗刹王后,亲眼看到
十车王出现在太阳圆盘之中,
正是他吩咐哈努曼首先前往
阿逾陀城,为我灌顶做准备。

(飞车快速飞行)王后啊,向这里的大海致敬吧!

吉祥女神生自大海,装饰毗湿奴的
胸脯,但也居住在所有勇士手臂上,
同样,月亮也生自大海,成为大神

---

① 这里指哈努曼搬来德罗纳山,从中挑选仙草,治愈罗什曼那的箭伤。

湿婆的顶饰,同时装饰这整个世界。

(思索)

如果甘露源于水并不奇怪,
奇怪的是,水怎么会变成
吉祥女神、月亮以及神医
檀文多利和憍斯杜跋宝石?①

还有,王后啊!

毗湿奴躺卧在大海上,梵天坐在
他的肚脐莲花中,念诵梨俱吠陀,
因此,只能看见梵天的脸和脖子,
而看不见他的胸、背和左右两胁。

悉多　（向大海俯首致敬）

罗什曼那　确实,德行高超者能获得非凡的神通力。

大海在劫末能淹没世界,让乌云饱含雨水,
能释放海底烈火,也能满足天神享用甘露,

---

①　这里所说的甘露和吉祥女神等都是以前天神和阿修罗一起搅乳海搅
出的种种珍宝。

> 但无论大海怎样辽阔浩瀚,投山仙人却能
> 在一怒之下喝干它,让我们向苦行致敬吧!

罗摩 (满怀敬意)贤弟啊,还用说吗?

> 这位罐生仙人的威力深不可测,
> 甚至大海对他来说只是一捧水,
> 我们无法描述他的崇高和伟大,
> 嗨,他也能阻止文底耶山升高!

> 还有,贤弟啊,伟大事物既可爱又可怕,实在难以理解。

> 在世界毁灭时,一千个太阳炙热
> 光芒烤干大海,成为一大堆盐粒,
> 然后劫末的熊熊烈火又噼里啪啦,
> 刹那间把这些盐粒烧得干干净净。

悉多 夫君啊,这是什么?看来像是楞伽岛这条船系住瞻部洲的一条锁链。

罗摩 王后,大地的女儿啊!这是猴王与迦俱私陀家族共患难,架起的一座赫赫有名的大桥,而现在看来像是罗波那征服世界的权杖倾倒在海面上。

悉多 (喜悦)在我见到你的希望像大树被砍断后,幸运地听

到架桥的消息，犹如获得救命的大药草。夫君啊，我向
你致敬！

罗摩　王后，大地的女儿啊！你看，你看！

大海犹如优美项链，天女们
远远就能望见，同样，这座
大桥布满各种珠宝、水晶和
金子山顶，堪称世界的瑰宝。

还有，在筑起这座大桥时，

那些山抛入大海，激起汹涌巨浪，
山上的河流受到冲击，逆向倒流。

（面向须羯哩婆）朋友啊！

你记得当时猴子们奋力架桥，一座座
大山抛入大海后，连同那些山上河水，
海水顿时猛涨，直到海水灌满了这些
大山的山洞才平静，让大海失去骄傲。

须羯哩婆　王上啊，我们的心仿佛已经成为画板，你的事迹
有哪一件没有描绘在上面？

我们奋力架桥时,抛下许多大山,
海神心中迷茫,而很快山上那些
河流与大海汇合,让海中的鱼类
尝到有别于咸味海水的甜味淡水。

维毗沙那　王上,摩奴世系的顶珠啊!

这些架桥的大山的山洞

　　喝足海水后,突然见到

久违的好朋友弥那迦山,

　　禁不住流下喜悦的泪水,

又导致海水增涨,同时,

　　这些山上药草每天夜里

闪闪发光,让我们想起

　　当时山边驻扎猴军营地。

悉多　(微笑)夫君啊,我知道弥那迦山是雪山的儿子,虽然免遭因陀罗砍去翅膀,但他始终停留在大海中。①

罗摩　(微笑)正是这样,遮那迦王的女儿啊!

---

①　按印度神话,大地上的山岳原来都长有翅膀,因陀罗为防止它们危害人类,而砍去它们的翅膀。弥那迦山为保护自己的翅膀不被砍掉,而逃入大海。

你看他做了什么！为了保护自己的翅膀，

不惜抛弃自己的父亲雪山和儿子麻鹠山。

悉多　（发笑，面对飞车）飞车王啊，我很好奇，想要飞上天
空，请你上升吧！

罗摩　（好奇，微笑）毗提诃公主啊！

随着飞车越飞越高，四周的

地平线也就离我们越来越远。

还有，

这些乌云靠近太阳，皮肤变得

干燥，随后受到我们飞车摩擦，

现在变得潮湿，发出了雷鸣声，

看来像天空之海中出现的海怪。①

还有，

这些乌云发出令人害怕的雷鸣声，

---

① 这首诗中暗含的意思是乌云的皮肤受到太阳烘烤而干燥，遭到飞车摩
擦而破裂，雨水流出而潮湿。

又制造黑暗,企图阻挡我们目光,

然而在它们上面,月亮清澈光芒

不受阻碍,穿透黑暗,装点天空。

须羯哩婆 (观看下面,兴奋,面向罗摩)王上啊,你看远处!

大海围绕的大地,所有

高高低低的景物只剩下

各自的颜色,仿佛成为

镶嵌有各种珠宝的地面。

还有,王上啊!

大海围绕大地,犹如一条蛇

蜷缩身子围绕顶冠,你仿佛

成为大地顶冠上举世无价的

宝石,而值得大地为之骄傲。

悉多 (指着前面)前面是什么山?它有数以千计洁白清澈
的水晶山峰,仿佛被劫末烈火煮沸的大海泡沫。

维毗沙那 王后啊!

这前面是雪山,爱神在这里丧命,

而雪山的女儿难近母①犹如大药草。

悉多　（好奇）爱神是在这里成为湿婆额头火焰的祭品吗?②

维毗沙那　正是这样，王后啊！这里北边的那片松树林是见
　　证者。

当时，虽然大神湿婆的三只眼睛
同时发怒，而只有长在额头上的
第三只眼睛喷出火焰，其他两只
眼睛甚至不能忍受它冒出的烟雾。

罗摩　还用说吗?

这只眼睛中的神奇火焰已成为
湿婆额头赫赫有名的光荣标志，
他保持着它，为了在劫末毁灭
世界，而爱神则成为它的燃料。

---

① 难近母(durgā)也就是湿婆的妻子波哩婆提。
② 按印度神话，湿婆在雪山上潜心修炼苦行。那时天国遭到阿修罗侵
　扰，因陀罗派遣爱神前去引诱湿婆，希望他能与雪山的女儿波哩婆提
　结婚，生下能战胜阿修罗的儿子。而正当爱神准备向湿婆发射花箭
　时，湿婆额头上的第三只眼睛喷出火焰，将爱神焚为灰烬。

悉多 夫君啊,如果大神湿婆对爱神这样发怒,怎么后来又
会转变思想?

罗摩

由于爱神被焚毁,不能帮助她,
她便长期修炼苦行,求取好运,
最终,世界之主湿婆接受了她,
让她成为自己身体的另外一半。

维毗沙那 (发笑)

她长期修炼苦行,而获得湿婆的一半身体,
作为苦行获得的果报,湿婆的另一半身体
则成为赐予恩惠者,因为他想到自己只有
骷髅托钵、公牛和蛇,别无他物可以恩赐。

悉多 (微笑)幸运的女神与湿婆牵手成婚的仪式在哪里
举行?

维毗沙那 就在前面,雪山上这座名为药草的城市。在这里,

充满大药草的雪山愉快地
把女儿波哩婆提交给湿婆,
她也不怕以月牙为顶饰的

湿婆手臂缠绕着昏迷的蛇。

罗摩　正是这样，王后啊！在这里，

她的父亲雪山已进入冬季，
布满霜雪，湿婆手臂上的
蛇失去了活力，波哩婆提
毫不害怕与湿婆牵手成婚。

悉多　(微笑)夫君啊，湿婆焚毁爱神后，波哩婆提失去骄傲，
现在自己的身体已与湿婆的身体结合，还会不信任吗？

罗摩　正是这样，王后啊！

在雪山山顶上，湿婆的
　　半男半女的身体，一半
是妻子，另一半是自己，
　　于是波哩婆提的女友们
开玩笑，将剩下的各自
　　一半的身体，组合成为
湿婆另一个半男半女的
　　身体，而左右位置对换。

现在，

让我们向这对紧密结合的神圣夫妻致敬!
然而他俩的会合感觉摆脱不了分离感觉;
因此面对镜子,身体便互换位置,丈夫
在左,妻子在右,满足波哩婆提好奇心。

维毗沙那　王后啊!

在湿婆这边胸脯上,吉祥女神
　　　自由活动,顶冠上的月牙属于
双方,蛇成为系在湿婆右肩的
　　　圣线,祝这位半男半女的大神
幸福快乐! 还有,他这边额头
　　　第三只眼的火焰,能毁灭世界,
另一边的妻子心生怜悯而流泪,
　　　这样,互相之间的威力受制约。

还有,

湿婆右手上的灰烬能吸干出现在
左边妻子胸脯彩绘线条上的汗珠,
但愿湿婆无视阴性、阳性和中性
而创造的第四性能带给你们快乐!

（指向另一处）

这座曼陀罗山搅动乳海时，受到毗湿奴
臂钏上装饰的金刚钻摩擦而留下一道道
皱褶，龟背支撑它搅动，根部受到摩擦
而缩短，因此它以前要比现在更加高耸。①

罗摩 （观看，微笑）

曼陀罗山被砍去翅膀而有伤痛，怎么还能
忍受蛇王作为绳索缠住它牵拉摩擦？正是
由于它的邪恶行为，从乳海中搅出邪恶的
吉祥女神，造成世界出现贫富差别的现象。②

悉多 （激动）而正是这座曼陀罗山从乳海中搅出月亮，鼓励
妇女与丈夫分离时保持坚定。

（所有人发笑）

---

① 按印度神话，天神和阿修罗一起搅乳海，以曼陀罗山作为搅棒，以海龟
作为支撑搅棒的底座，以蛇王作为绳索，缠绕在搅棒上，天神和阿修罗
分别拽住蛇王的头和尾，来回牵拉搅棒，搅动乳海，从乳海中搅出种种
珍宝。
② 吉祥女神代表财富和权力，因此说她造成世界出现贫富差别。

维毗沙那 （思考罗摩的话）

确实有人想要把吉祥女神扔回大海，
但是，月亮被扔回大海，仍然返回。①

（思索）

吉祥女神啊，你长期住在毗湿奴胸脯，
如果你不生气，我要询问你这个问题：
你的可爱的莲花长在你的知识宫里吗？
水成为你的导师，教会你往低处流吗？②

罗什曼那 （发笑）你怎么能这样指责吉祥女神？她在天神和阿修罗激烈交战时，依随鼓声的节奏跳舞，迷醉于王族遭到毁灭；她如同在数以千计的武器造成的黑暗中游戏的萤火虫，又如在黝黑似乌云的毗湿奴身边游戏的闪电。正是她，

这位吉祥女神渴望陪伴
那些有德之士登上高位，

---

① 这里意谓月亮白天返回大海，而夜晚仍然从大海中出现而返回，与上面悉多所说的话相呼应。
② 吉祥女神象征王权，有时也会落到恶人手中。

　　　　她始终站在那些勇士的

　　　　刀剑上,履行刀刃誓愿①。

悉多　(抱怨)世上的人们一旦遭遇厄运,心灰意懒,就诋毁吉
　　　　祥女神。前面这座是什么山?看似阳光拥抱月光宫殿。

维毗沙那　王后啊!

　　　　这是盖拉瑟山,山上树木长在水晶地面上,

　　　　树影已被强烈的光芒吸收,而能见到它们

　　　　在地面的映像,虽然附近升起的太阳催促

　　　　莲花绽放,而湿婆顶饰月牙的光芒更明亮。

罗摩　嗨,即使看它一百次,也不能满足我们的好奇心。

　　　　盖拉瑟山上留有十首王手臂上

　　　　臂钏的鳄鱼状珠宝饰物的印记;②

　　　　药叉们③登上这里,能透过水晶

　　　　地面看到地下世界蛇族的活动。

----

① "刀刃誓愿"(asidhārāvrata)指修炼最严酷的苦行或完成最艰难的任
　　务。以上罗什曼那的话是为吉祥女神辩护,认为她身处王族争夺王权
　　的漩涡中,而她支持胜利者,尤其是具有崇高品德的胜利者。
② 这里指罗波那曾经用那些手臂拔起盖拉瑟山。
③ "药叉"(yakṣa)属于半神类,是财神俱比罗的侍从。

还有,

十首王那些圆柱般手臂猛力
挤压山坡,几乎让山坡消失,
而这座水晶山又为主人湿婆
创造出愉快坐着沐浴的平台。

维毗沙那 (面向悉多)王后啊,你看!

盖拉瑟山坡上,在湿婆
　　顶饰月牙的光芒照射下,
那些月亮宝石渗出的水,
　　汇成滋养树木的母亲河;
这些树木受到高利女神①
　　悉心照料,而把六脸童②
视为它们的养母之子和
　　自己兄弟,陪同他游戏。

还有,大神湿婆长期住在这里。

因陀罗全身一千只眼睛

---

① 高利女神(gaurī)即波哩婆提。
② "六脸童"(ṣaṇmukhaśiśu)指湿婆的儿子室建陀,长有六张脸。

如同蓝莲花，他在敬拜

神中之神湿婆时，仿佛

把自己作为花环献给他；

而室建陀游戏时，以为

那是真莲花，伸手去抓，

湿婆情不自禁哈哈大笑，

但愿湿婆带给你们吉祥！

还有，

大神湿婆在这山上跳舞时，

弥卢山随同大地剧烈摇晃，

两侧的白天和黑夜也变样，

在白天这一侧出现千百道

强烈光芒，而黑夜那一侧

怎么也会出现千百道浓密

黑暗？但愿大神湿婆举行

劫末祭祀时，能净化你们！①

---

① 按印度神话，弥卢山（meru）位于大地中央，是世界上最高的山，太阳围绕它旋转，因此它的一侧是白天，另一侧是黑夜。"劫末祭祀"指毁灭世界。

罗什曼那

> 湿婆顶饰月牙弯曲
> 似狮爪,鹿儿出于
> 害怕而逃走,因而
> 月牙没有这个标志。

悉多 (发笑)湿婆作为鬼怪之主,身上缠绕有蛇,佩戴骷髅
项链,出没坟场,月亮的斑点是模仿湿婆的装饰,怎么说
成是可怜的鹿儿?

维毗沙那 (微笑)我猜想大神湿婆不喜欢带有鹿儿标志的
月亮作为自己的顶饰。

> 湿婆的头上佩戴月牙
> 顶饰,看来是为他的
> 鬼怪随从着想,创造
> 符合自己意愿的夜晚。

(所有人发笑)

罗摩 (怀抱敬意)

> 那些蛇已经倦于束紧湿婆的顶髻,

而让月牙顶替,我向它表示敬意!
它是在湿婆额头眼睛喷出火焰时,
用夹子把它夹成半圆,箍住顶髻。①

(面对飞车)飞车王啊,请再升高一些,让弥提罗公主看
到弥卢山峰。

维毗沙那 王后啊,你看!

弥卢山高地的树影向上,高于树枝,因为
所有的发光体都在下面绕行,这让弥卢山
格外迷人,天神们每个月喝尽月亮甘露②后,
月中的鹿儿就在这里自由跳跃,啃噬草尖。

还有,

大地呈现金黄色,弥卢山上树木结满果子,
山坡四周边沿是太阳之车环绕行进的道路,
而车夫艰难驾车前进,因为阳光炙热似火,
那些金子岩石熔化,车轮如同陷入泥沼中。

---

① 这里的说法似乎是把月牙设想为如同银子,加热后容易弯曲。
② 这里译为"月亮甘露"的原词是 indoḥ kalāsu,词义为月分,实际是指甘露,月亮又称甘露光(amṛtadyuti 或 amṛtaraśmi)。

罗什曼那 （面向悉多）

> 你看，山坡上这片檀香树林，
> 即使在中午，树影依然很长，
> 这是因为太阳位于山坡边沿，
> 这样的景象让我们又惊又喜。

> （观看，喜悦，微笑）因陀罗的大象在云上行走。

> 今天这头大象在天国都城漫游，无忧无虑，
> 城中天王的妻子和天女们佩戴劫波树花环，
> 而以前在战斗中，罗波那十张嘴发出吼叫，
> 一次次抓住这头大象，扔上空中又接住它。

须羯哩婆 确实是这样。十首王的事迹无法用语言描述。

> 大地上有许多勇士，我们怎么样鉴别？
> 而大地向罗波那提供成为英雄的机会，
> 此后波林又向他发出挑战，我们得以
> 目睹耳闻这一切，却难以用语言描述。

罗摩 （怀抱敬意）

我们怎样描述波林？他每天清晨和黄昏
敬拜大海，他的金刚杵般双臂把十首王
夹在腋下，最终他也丧命，而与十首王
这次失败相比，也只能算是一个小插曲。

悉多　（面向罗摩）夫君啊，天空中这里看来像一团洁白的樟
　　　脑，那是什么？

维毗沙那　王后啊，我们的飞车到达了月亮世界附近。你看
　　　这个高贵的月亮！

清澈明亮的光芒驱除浓密的黑暗，
让人们能够分清东南西北的方向，
它从东山升起，成为照亮三界的
光芒源泉，人们活着只能观看它。

还有，

月亮升起，以柔和的光芒照耀湿婆的顶髻，
看似镶嵌珠宝的地面，它吞噬浓密的黑暗，
用如同成串珍珠的光芒装饰那些鹿眼女郎，
是白莲的朋友，也为天王因陀罗准备甘露。

还有，

高贵的月亮闪耀甘露光芒,教导莲花像牟尼

那样控制呼吸,打破白莲的沉默,①协助聚会

狂欢的青年,成为三界妇女眼睛早晨的美餐,

为爱神举行长寿祭祀,宣传艳情不二论哲学。②

罗什曼那 （观看,好奇）

如果因陀罗都城中那些天女

　　出于好奇心,把用作耳饰的

麦芽放在手掌中,互相嬉笑,

　　引诱月亮中的鹿儿,而月亮

由月分组成,如同一块布料,

　　鹿儿经常在上面走动,那些

接缝处已经松懈,现在鹿儿

　　饥饿难忍,会发生什么情况?

须羯哩婆

这鹿儿长期在月亮上过着

　　舒服日子,嘴唇反刍嚅动,

---

① 这里意谓白天的莲花闭合,月亮指导它们学会控制呼吸。同时,月亮
也唤醒夜晚绽放的白莲。

② 这一句意谓夜晚来到,月亮升起,是享受爱情的好时光。

如果悉陀的妻子们看到它，

　　　出于好奇心，击掌吓唬它，

即使它激动跳跃，让月亮

　　　有刺痛感，也绝不会踩破

月亮，月亮并没有接缝处，

　　　每月会自然形成新的身体。①

还有，

湿婆顶饰月牙是月亮一个月分，

犹如每月组合一次的一串音节。

罗摩　（俯首致敬）

你永远向众天神供奉甘露，滋养蔓藤，

赋予世界生命，月亮啊，如果湿婆的

头顶没有你，他吞下剧毒，即将落入

死神的套索时，怎么可能会战胜死亡？②

（面向悉多）

---

① 这是须羯哩婆对罗什曼那的话作出的回应，都是想象之谈。
② 这里意谓是月亮保护湿婆，使湿婆免于死亡。

我们怎样赞美月亮？它是我们眼中蜜汁
祭品，它能让大海涨潮，是爱情的仙液，
众天神的甘露宝库，湿婆顶饰，乳海中
搅出的一颗明珠，陀刹的女儿们的丈夫①。

悉多　（微笑）夫君啊，虽然月亮的这些妻子出生于同一个高
　　　贵家族，又同样年轻貌美，而只有一位妻子受到宠幸，因
　　　此，月亮被称为罗醯尼的丈夫。

罗摩　正是这样，遮那迦王的女儿啊！

虽然有二十七个星宿一起陪伴月亮，
而其中罗醯尼星宿最为幸运和迷人。

（观察）

雌鹧鸪喝足清凉的月光之后，会感觉麻木，
而白莲绽开冒出的热气顿时让它感觉温暖，
月光是鹿眼女郎们向情人传情的无言使者，
月光也在月亮宝石渗出的水流中萌发新芽。

还有，月亮恩宠这个世界。

---

①　按印度神话，仙人陀刹（dakṣa）把自己的二十七个女儿嫁给月亮，她们
　也是二十七个星宿。

月亮升起,月光随着蜜蜂低沉甜蜜的
嘤嘤嗡嗡,在绽放的白莲花丛中舞动,
也满足兴奋的雌鹧鸪饮用月光的愿望,
它是世界眼睛,和蔼可亲,清凉可爱。

夜晚降下黑幕,遮蔽三界的眼睛,
仿佛是那些出外幽会的妇女涂抹
神奇眼膏,而月亮是夜晚的主人,
以明亮月光洗净笼罩大地的黑暗。

(喜悦,微笑)亲爱的,你的话语可爱。

你的话语字字听来如同甘露,
让我仿佛站在月亮世界之上。

维毗沙那 (满怀激情)

今天,地下的蛇城里,那些蛇的顶珠不再
受到地面挤压摩擦,闪耀的光芒驱散黑暗,
而且蛇王没有耳朵,不会受耳环叮当声的
干扰,现在,他有幸能听到你的英勇事迹。

(微笑)

王上啊,蛇王的两千只眼睛能聆听蛇女们
兴奋激动地歌唱你的事迹,而天王因陀罗
一千只眼睛不能听取声音,他的两个耳朵
怎么能听够天女们满怀激情歌唱你的事迹?

罗摩 (听了维毗沙那赞美的话语,面露尴尬的微笑,然后,
观看月亮和悉多的脸,独白)

梵天本想创造与我的爱妻脸庞媲美的
月亮,然而,月亮一出生就大放光芒,
致使梵天的莲花座四周花瓣随之合拢,
他处于这种困境,也就无法施展技艺。

(面向悉多)

大腿如同芭蕉树的美女啊!
如果月亮想要与你的脸庞
媲美,显然还有不足之处,
因此需要那些星星陪衬它。

还有,

这些莲花与梵天属于同一家族,

从清晨开始,让蜜蜂整天快乐,

而且,矢志不渝,忠诚于太阳,

因此,它们能与你的脸庞媲美。

悉多 (低头微笑)夫君啊,湿婆为什么不用圆月,而用月牙
装饰他的发髻?

罗摩 三界都需要月亮的甘露光芒,如果整个月亮安放在湿
婆的发髻上,那么,月亮会成为祭供湿婆的祭品,不适合
别人享用。

(所有人发笑)

还有,在每个月开始时,可以看到,

一弯新月升起,在三界眼中,是最早
举行的苏摩①祭,点燃所有祭火的火炭,
开启四方之门的钥匙,②爱神最得力的
助手,与鹿眼女郎的脸庞媲美的起源。③

悉多 (喜悦)夫君啊,圆满者在任何地方都显眼,而尚不圆

---

① "苏摩"也是月亮的称号。
② 这句意谓打开四方黑暗之门,即照亮四方。
③ 这句意谓月牙渐渐增盈,变成圆月后,便能与美女们的脸庞媲美。

满者需要放在高处才显眼,湿婆的顶饰月牙便是最好的
例证。

罗摩 (微笑)王后啊,你出生在伟大的刹帝利家族,说话在理。

> 猴子们架桥时,奋勇地搬来一座座大山,
> 投入大海,得知大海深不可测,哈努曼
> 虽然跃过大海似牛蹄水洼,心中也畏惧,
> 因为无底的空穴比饱满的大海更难跨越。

还有,

> 东山山顶的月亮宝石以渗出的水流用作
> 月亮洗脚水,周围星星将自己作为炒米
> 祭供月亮,月亮威力在斑点周围空穴中
> 扩展,即使一片月牙也能驱散浓密黑暗。

还有,

> 美女们观看月亮时,月中鹿儿
> 见到她们的金苏迦树嫩芽耳饰
> 弯曲如同狮子爪尖,胆战心惊,
> 蜷缩身子,月亮变得更加明亮。

维毗沙那

> 湿婆取来月亮的一个
> 月分,装饰自己发髻,
> 月亮的那个斑点看来
> 是由此而留下的空穴。

(面向罗摩,微笑)

> 王上啊,这个月亮好像是
> 天空和大地之间水池中的
> 一只青蛙,似乎想要发出
> 埋怨你的光辉名声的叫声。

悉多 (微笑)我知道,月亮试图与夫君的光辉名声竞争,而以失败告终,因此,身上会出现这个鹿儿形状的斑点。

(所有人发笑,罗摩微笑)

(面向罗摩)

> 毗湿奴用曼陀罗山作搅棒搅乳海,搅出的
> 月亮色泽如同乳海波浪,因此月亮的光芒

能破除黑半月浓密的黑暗,罗怙族英雄啊,
你的名声如同洁白的月光,有谁不赞颂你?

（幕后传来话音）

王上啊,请你抓紧时间！现在已经临近尊者婆私吒仙人
为你确定的灌顶吉祥时刻。

罗摩 （倾听）怎么? 哈努曼已经从阿逾陀城返回,就要来到
我们这里。

悉多 （喜悦）怎么? 哈努曼就要来到。飞车啊,请你下降,
让我们接近地面。（向下观看,面向罗摩）夫君啊,这里
的地面怎么如同新升的雨云,闪耀毗湿奴的憍斯杜跋宝
石那样的光芒?

罗摩 （观看,面向维毗沙那）

这是什么幻影? 看似天国
工巧大神的作坊,仿佛他
正在用凿子修整太阳圆盘,
散落许多闪闪发光的碎屑。

维毗沙那 王上啊！

这是燃烧的沙漠,闪耀的

光芒即使在远处,也阻碍

我们的视觉,那些雌骆驼

　　即使是在夏季,也愉快地

在它的艰难的道路上跋涉,

　　而这里的月亮宝石在月光

照耀下,渗出的那些水流,

　　会在炙热沙漠中沸腾冒泡。

　　　　　(飞车渐渐下降)

罗摩　(观看,面向悉多)王后啊,在这右边,

楞伽岛好像是大海中的一株可爱的
蓝莲花,摩尼吉耶山宛如它的花朵。

悉多　投山仙人的天鹅在这里飞翔,看似白色的迦舍花。

罗摩　(微笑)正是这样,毗提诃公主啊! 这里的罗诃那山脚
　　是投山仙人的第二个住处。

这位罐生仙人的胃是大容器,
能把大海稍加压缩存放其中,
他治愈文底耶山疯长毛病后,
太阳得以在天空中正常行进。

还有，

投山仙人一口喝下大海后，立刻可以看到
藏在大海里的那些山失去庇护，纷纷张开
潮湿的翅膀飞起，而后又落下，躲进那些
蟹洞，我们无法用语言赞颂这位仙人威力。

还有，在夜晚降临后，这里成为名为楞伽岛的艳情王宝座。

月亮升起，月亮宝石渗水而潮湿，
路面上留下出外幽会的妇女涂抹
红颜料的脚印，鹧鸪突然飞起时，
会让她们受到惊吓，而倒退几步。

（观看另一处）这是铜叶河，河水中有许多珍珠。

水珠进入贝壳中，凝固而成珍珠，
它们仿佛在美眉妇女①的怀中滚动。

还有，

----

① "美眉妇女"是比喻铜叶河。

> 铜叶河中的那些水滴
>
> 能愉快地接触美女们
>
> 胸脯，因此它们会在
>
> 贝壳中凝固而成珍珠。①

悉多　夫君啊，大海考虑到恒河女神是河流中的最年长者，出于礼貌而偏爱她。其实，大海真正喜爱的是这条天然全身装饰珍珠的铜叶河。

罗摩　（观看，微笑，又观看另一处）

> 这座摩罗耶山令人喜爱，吹来
>
> 温柔和熙的风，那些亲身体验
>
> 情人行为虚假的少女，这时候
>
> 很容易提醒她们傲慢的女主人。

罗什曼那　（观看前面另一处）

> 投山仙人把大海放在自己手掌中
>
> 喝下时，看到海水中有游戏的鱼，
>
> 心生怜悯，喝下海水后，又吐出，
>
> 这里前面就是他的另一处净修林。

---

①　这里暗含的意思是珍珠能成为美女佩戴在胸脯的珍珠项链。

还有，

这里的海水亲眼看到这位
仙人喝下四海解渴，现在
看见他站起身，它们仿佛
净化自己，准备供他饮用。

须羯哩婆 （微笑）

这位大牟尼喝下四海后，
在念诵祷词时，七大洲
肯定以为它们也会被他
吞吃，不由得浑身颤抖。

（观看四周，惊喜）嗨，罗摩今天终于成为十四个世界的
唯一统治者，执掌正法。现在，弹宅迦林中的那些仙人
与妻子们一起过着快乐的生活。

罗摩 （含羞微笑，随着飞车快速下降，观看下面）怎么？我
们飞行在这座森林上面。这些金色的鹿儿在这里游荡。

须羯哩婆 （微笑）这里是般遮婆帝森林，见证十首王伪装成
苦行者，施展恶毒的阴谋，牺牲摩哩遮的生命而保护自己。

摩哩遮出身罗刹家族，侵扰众友仙人的

祭祀，又化作金鹿，吸引悉多的莲花眼

离开丈夫的脸庞，迫使我们的主人罗摩

两次挽弓射箭，因此，我向摩哩遮致敬！

悉多 （含羞）

罗摩 （指着钵罗希罗婆那山，面向悉多）

我记得这座山上的宝石

　　　夜晚闪耀光芒，猫头鹰

听到乌鸦喧闹声，受到

　　　惊吓而躲在黑暗的山洞，

我在这里脱去你的胸衣，

　　　你发怒，用树叶遮盖住

胸脯，而那些森林女神

　　　出于好奇，高举起树枝。

悉多 （微笑，双手合十）住在遮那斯坦的诸位女神啊，我是

　　　你们的女仆，向你们致敬！

罗摩 （观看另一处）王后啊，请你向这里的瞿陀婆哩河女神

　　　致敬！（私语）

在这条河岸边的蔓藤丛中，

　　　我用金苏迦树的红色嫩芽

制作一个花环,戴在你的

　　还不能够承受指甲印痕的

胸脯上,然后我发出笑声,

　　尽管我这样大胆地冒犯你,

你也为我破坏了你少女的

　　贞洁生气,仍然面露微笑。

悉多　(含羞微笑,俯首向瞿陀婆哩河致敬)

罗摩　(观看四周,沮丧)王后啊!

在这里摩利耶凡山坡附近,虽然空中密布的

乌云还没有下雨,却引起我的泪水哗哗直流,

随即乌云下雨,然而看到我哭泣,你抚育的

那些树不萌发新芽,那些孔雀也不放声歌唱。

悉多　(喉咙堵塞,话音哽噎,面向飞车)飞车王啊,我的心坚
　　硬似金刚杵,即使燃烧,也不破碎。请你加速飞行,让我
　　看不见这座弹宅迦林。

罗摩　(随着飞车快速飞行,观看,面向悉多)这里前面是摩
　　诃刺陀地区的顶饰贡底那城。

这里来自摩罗耶山林吉祥柔和的风

无与伦比,描绘在胸脯的爱神标志

鳄鱼吸吮着这些妇女的汗珠,她们
在情人狂热拥抱下,汗毛加倍竖起。

还有,

这里的语言具有戏剧中的艳美风格①,
甚至远方的诗人们也采用这种风格。

维毗沙那 (指着右边)王上啊,这里是安达罗地区吉祥女神
佩戴的瞿陀婆哩河珍珠项链中间的宝珠。让我们向大
神湿婆致敬!

他跳起刚烈的舞蹈时,左半边的身体
仿佛害怕而逃掉,因此,他单足跳舞,
身体上装饰有蛇王和骷髅项链而恐怖,
祝这位劫末毁灭世界的大神湿婆胜利!

罗摩 (合掌致敬)

你跳起刚烈舞蹈时,左边波哩婆提的
身体吓得逃跑,于是你加速转动身体,

---

① 按《舞论》,戏剧风格分为四种:雄辩(bhāratī)、崇高(sattvatī)、艳美
(kaiśikī)和刚烈(ārabhatī)。

填补空缺,而在你停止时,发髻上的
蛇王不确信,眼睛依然转动观看四方。

还有,

在你欢快跳舞时,劫末黑暗
亲吻你的青黑脖子,湿婆啊!
黑夜女神看到你剧烈舞动的
头颅和身躯,深深感到恐惧。

（所有人俯首致敬）

(指着另一处)王后啊,这是达罗毗荼地区的顶珠甘吉
城,爱神的住处。(面向悉多,私语)

青年男女身上布满汗水,
互相之间拥抱变得松懈,
然后,全身的汗毛竖起,
他们又立刻紧紧地拥抱。

还有,

这些妇女额头流下的汗珠,

洗去了脸颊上的彩绘线条，

变得洁白，甚至胜过月亮，

说明她们的情人精力旺盛。

须羯哩婆 （指着另一处）这里是阿槃底地区的顶珠优禅尼

城，爱神的内宫。在这里，

月明之夜前去与情人幽会的美女，

疾步如飞，只能看见她们的身影。

还有，

这里宫殿中的妇女观看那些鹧鸪

不断地抬起它们的尖喙吸吮月光；

它们如此贪恋月光的美味，以致

腹部充满月光而透明，驱散黑暗。

还有，

后宫中那些鹧鸪躺在

地上摩擦腹部，已经

喝足美女们脸上光芒，

月光对它们可有可无。

维毗沙那　这里的优禅尼城仿佛是毁灭阿修罗三城的湿婆主宰的阿罗迦城①的辅城。这位大时神②，

> 他猛烈旋转时，发髻上的
>> 恒河水随即流向四面八方，
> 于是，他制造了一个笼子，
>> 在里面舞动自己许多手臂，
> 犹如天鹅张开翅膀，他是
>> 在劫末毁灭三界这部戏剧
> 表演中的主角，但愿这位
>> 主神保护我们的这个世界！

罗摩　（合掌致敬）

> 你的双脚受到天神和阿修罗们顶冠珠宝
> 光芒水流的洗涤，眼中的火焰能使三界
> 成为劫末大祭的祭品，而仿佛为了避免
> 再次毁灭三界，你毁灭爱神，充作祭品。

还有，

---

① 阿罗迦城（alakā）是财神俱比罗的都城，也是湿婆的居住地之一。
② 大时神（mahākāla）是湿婆的称号，意谓毁灭之神。

大神湿婆啊,你额头第三只眼睛

喷射迅猛的火焰,而接近爱神时,

爱神手中握有迷魂箭,火焰想起

自己的妻子娑婆诃,麻木了片刻。

(所有人俯首致敬)

悉多 (微笑)以月牙为顶饰的大神湿婆,他的眼睛不满足于吞噬十四个世界,还要吞噬爱神。

(所有人发笑)

罗摩 (思索)以前,

湿婆为了摧毁阿修罗三城

把毗湿奴用作箭,金翅鸟①

飞来阻扰,而受到他眼中

喷出的火星烧灼,不得不

退回,他也把蜿蜒起伏的

蛇王用作弓弦,然后挽弓

射箭,命中目标。愿湿婆

---

① 金翅鸟是毗湿奴的坐骑。

作出的种种努力获得胜利！

（指着另一处）这里是车底地区的顶珠摩希摩提城，克罗
朱利王族世代共享的王后。在这里，

拥抱、亲吻、欢爱和玩耍等等，
这些都是爱神主持的赌博游戏，
无论输赢都是一种享受，然而，
青年男女们仍然都想赢不想输。

（随着飞车快速飞行，观察）王后啊！

这是吉祥的阎牟那河，恒河的女友，犹如
涂抹在大地女神身上的麝香膏①，关爱那些
专程来到她的河岸的人②，让她的兄弟阎摩
把他们送往她父亲太阳的世界，摆脱痛苦。

罗什曼那 （指着远处）

前面这条恒河自幼就是在湿婆发髻上
与月亮一起游戏的同伴，她分支流下，

---

① 这句意谓阎牟那河河水呈现黑色。
② 这是指厌世投河的人。

带给大地快乐，曾经净化沙伽罗子孙

骨灰，但愿她也净化我们的一切罪业。

罗摩 （喜悦）

恒河女神啊，波哩婆提占据

湿婆的一半身体，你停留在

湿婆的半边头顶，因而河水

加倍深邃，我俯首向你致敬！

（面向悉多）你也向恒河女神致敬吧！

她是大神湿婆顶饰，出生于

梵天，流向大海，她把那些

前来舍身投河者，以比急流

更快的速度送往梵天的世界。

悉多 （合掌致敬）向河水连接三界的恒河女神致敬！①

罗什曼那 （指着另一处）

湿婆顺从财神的请求，

———————————

① 恒河从天国流下，中间停留在湿婆头顶，然后分支流向大地，因此，恒河连接天国、空间和大地三界。

不离开盖拉瑟山住地，
而前面这座波罗奈城，
也是这位大神的住地。

罗摩 （喜悦）

人们难以渡过轮回之海，
然而，如果在这座名为
波罗奈的岛上得到休息，
便能抵达轮回之海彼岸。

还有，大神湿婆也经常住在这里。

蛇缠绕他的青黑色脖子，唯有蛇冠的顶珠
在那里闪耀光芒，于是波哩婆提不再害怕，
伸展蔓藤般双臂，紧紧拥抱他，梵天为他
诵唱娑摩颂歌，愿这位大神赐予世界吉祥！

（指着另一处，面向悉多）王后啊，你看这里！

我的手有弓弦摩擦的疤痕而坚硬，
而紧紧握住你的手时，变得柔软，

实现愿望①,所有这一切都发生在
这座城市,现在出现在我们面前。

悉多 （望着罗摩,深情微笑,然后,面向城市）弥提罗城啊,
我向你致敬! 也请你转达我对长辈们的敬意!

罗摩 （面向须羯哩婆和维毗沙那）两位朋友啊,请看,这是大
地女神为遮那迦王生下女儿的产房,名为弥提罗的城市。

须羯哩婆和维毗沙那 （好奇）这里是你拉断湿婆神弓和战
胜持斧罗摩的地方。也是在这里,你与胜利女神结为游
戏同伴。

罗摩 （害羞微笑）王后啊,这里前面是高达族的首都占波
城,到处可以看到优雅的艳情游戏,仿佛是奉行爱神誓
愿的苦行林。（面向悉多,私语）

那些鹿眼女郎度过夜晚大部分时间,紧紧
拥抱情人,汗毛竖起,熟练施展秘密技巧,
直至油灯灯芯烧尽,在剩余的灯油燃烧时,
黑暗开始在屋中弥漫,乃至进入她们肚脐。

罗什曼那 （指着前面）这里是婆罗门的聚居地,东面就是如
同黑沉香膏的阎牟那河和如同白檀香膏的恒河的汇合处。

---

① 这是指罗摩和悉多牵手成婚。

恒河发源于雪山，长期
依偎雪山怀中变成白色，
阎牟那河长期依偎父亲
太阳怀中而被烤成黑色。

维毗沙那 （思索）

恒河首先获得毗湿奴脚趾光辉，①
然后获得湿婆的顶饰月牙光辉，
最后又获得雪山的水流，因此，
她一次又一次增添自己的光辉。

还有，

波罗耶伽②是大地上最崇高的圣地，
住在这里能看到轮回之海的彼岸。

罗摩 （怀抱敬意）还用说吗？

---

① 按印度神话，阿修罗钵罗夺得三界统治权，毗湿奴化身侏儒，向钵罗乞
求三步之地。获得许诺后，他变成巨人跨出三大步，头两步就跨越天
国和大地，第三步把钵罗踩入地下世界。而第一步跨向天国时，恒河
沿着他的脚趾流下。这是关于恒河下凡大地的又一种说法。
② 波罗耶伽(prayāga)位于恒河和阎牟那河汇合处。

波罗耶伽确实被称为解脱之门，
恒河和阎牟那河为它增添光辉。

（面向悉多）毗提诃公主啊，你向这里俯首致敬吧！

这里的这棵名为希耶摩的
无花果树具有神奇的威力，
即使只是站在它的树荫下，
就能获得至高无上的光辉。

（所有人俯首致敬）

（随着飞车前行，喜悦）

这是我们圣洁的萨罗优河①，
光彩熠熠，犹如甘蔗族的
历代王后脚凳，沿岸一路
是为举行祭祀竖立的祭柱。

这里是可敬的阿逾陀城。

———————————

① 阿逾陀城位于萨罗优（sarayū）河边。

市民们都好奇地睁大
眼睛,昂首凝视我们
从空中飞来,仿佛是
茎秆挺立的莲花丛林。①

(所有人弯腰俯视)

须羯哩婆和维毗沙那 （观察）

这座可爱的阿逾陀城,大量的祭柱
如同数以千计祭祀结出果实的茎秆,
想到这里历代国王们的威力和成就,
甚至因陀罗在我们眼中也失去光辉。

罗摩 （面向须羯哩婆和维毗沙那)两位朋友啊！

这里王族世系历代能产生
这样的国王,表明婆私吒
仙人的祭供产生因陀罗和
天师毗诃波提那样的威力。

---

① 这里以莲花比喻市民的眼睛。

(观看前面,惊喜)怎么？尊者婆私吒仙人已经准备好为我灌顶的各种用品,与婆罗多和设睹卢祇那一起在这里等候我。(面向飞车)飞车王啊,请你降落在这里迦俱私陀王族的宫殿。

(所有人随同飞车下降)

(然后,婆私吒与婆罗多和设睹卢祇那一起上场)

婆私吒

罗摩施展双臂,战胜和杀死了十首王,
解除三界恐惧,并不令我惊讶,因为
作为少年,他就灭除持斧罗摩的威风,
让这位牟尼仿佛成为榨干了油的油渣。

(望着罗摩,喜悦)

罗摩用箭射下十首王的所有头颅,
充分展示了他的双臂的高超武艺,
他已经赢得征服世界的崇高荣誉,
幸运啊,他现在出现在我们眼前！

罗摩 （激动,走近,拜倒在婆私吒脚下）

你是罗怙族家庭祭司,
古老吠陀经典的导师,
梵天的儿子,梵仙啊,
罗摩在这里向你致敬!

婆私吒 （拥抱罗摩）孩子罗摩啊,我还能怎样祝福你?

你把敌人的名声扔进梵卵①空穴,
让自己的威力之火,无所阻碍,
熊熊燃烧,你凭借非凡的品德,
赢得洁白名誉,坚实而又博大。

还有,

你的名声迅速传遍
三界,净化了历代
国王的荣誉,犹如
恒河水流净化大海。

---

① 按印度神话,梵卵(brahmānda)是世界起源时,至高存在撒入原始汪洋中的种子,长成一个金蛋(即梵卵),梵天在里面睡了一千个时代后醒来,破壳而出,创造世界。

让我这样祝福你!

> 但愿你生下两个儿子,
> 如同你的双臂,保护
> 自己的家族,又如同
> 日月,照耀整个世界。

悉多 (向这位仙人致敬)

婆私吒 孩子,遮那迦王的女儿啊,我对罗摩的祝福也就是
对你俩的祝福。

悉多 (喜悦,独白)多么幸运,我成为夫君的唯一妻子!

罗什曼那

> 密多罗伐楼那的儿子,沙伽罗族
> 导师,罗什曼那在这里向你致敬!①

婆私吒 孩子罗什曼那啊,你已经超越一切祝福!

> 多么幸运啊,你战胜
> 因陀罗者,保障世界
> 繁荣昌盛,甚至天王

---

① 按印度神话,婆私吒有三次出生,第一次出生于梵天,第二次出生于梵
天的祭火,第三次出生于天神密多罗伐楼那。沙伽罗族也就是甘蔗族。

也依靠你而摆脱恐惧。

　　但愿你也同样生下
　　两个儿子,让原初
　　国王摩奴家族八个
　　分支保持兴旺发达。

罗摩　(喜悦,合掌致敬)尊者啊,甘蔗族获得你的最高恩惠。

婆罗多　(面向罗摩)贤兄啊,在你离开王宫后,我是一直为
　　你守护王宫的士兵,现在向你致敬!

罗摩　(喜悦,拥抱婆罗多)贤弟婆罗多啊!

　　你如同光辉的月亮宝石
　　　　柱子,在月光的照耀下
　　变得柔软,[1]来到我胸前,
　　　　我高兴满意,吉祥女神
　　虽然游移不定,但仍然
　　　　没有离开毗湿奴的胸脯,
　　因为她看到自己的弟弟
　　　　憍斯杜跋宝石还在那里。[2]

---

[1]　这里罗摩自我比喻为月亮。罗摩又名罗摩月。
[2]　吉祥女神和憍斯杜跋宝石都是从乳海搅出的珍宝,因此,吉祥女神将
　　憍斯杜跋宝石视为弟弟。

婆罗多 （面向悉多）王后啊，我向你致敬！

悉多 贤弟婆罗多啊，时隔这么久，终于又见到你，犹如阳光
亲吻莲花，让我感到高兴。

（罗什曼那也向婆罗多致敬）

婆罗多

罗什曼那啊，我一直在
盼望你，紧紧拥抱我吧！
互相信任的兄弟不在乎
身体上是否涂抹檀香膏。

（紧紧拥抱）罗什曼那的手臂犹如罗怙族水池中竖立的
祭柱，现在终于拥抱我，让我安心。

如同月亮的月分依次排列组合，
兄弟们手臂共同排除一切痛苦。

设睹卢祇那 贤兄啊，我一直侍奉你的那双鞋子，现在向你致敬！

罗摩 （紧紧拥抱设睹卢祇那）怎么？我感到他像是罗什曼那。①

---

① 罗什曼那和设睹卢祇那是十车王的小王后须弥多罗生下的一对孪
生子。

无价的罗摩

（让悉多观看，私语）

你看他的脸与罗什曼那一样，
如同一轮圆月，他拥抱我的
双臂也与罗什曼那一样如同
因陀罗的爱罗婆多大象象鼻。

（设睹卢祇那向悉多俯首致敬）

悉多　祝愿你与罗什曼那一样不畏艰难，为世界解除痛苦忧
愁。贤弟设睹卢祇那啊，我的婆婆们在哪里？

设睹卢祇那　她们已经完成吉祥仪式，在二王后①的宫中等
候你们。（走近罗什曼那，向他俯首致敬）

罗什曼那　（喜悦，拥抱他）贤弟啊，多么幸运，有你在这里陪伴
婆罗多，我们才没有把贤兄婆罗多独自一人抛弃在这里。

罗摩　（面向仙人婆私吒）尊者啊，这位是楞伽王维毗沙那，
这位是积私紧陀王须羯哩婆，他们两位在这里向你俯首
致敬。

婆私吒　他俩是太阳族拱门两边柱子上悬挂的光荣花环。
祝愿他俩长寿！

罗摩　（面向婆罗多和设睹卢祇那）两位贤弟啊，请你俩向这

---

①　二王后指婆罗多的母亲吉迦伊。

两位补罗私底耶族和太阳族灵魂高尚的大士致敬吧！

（婆罗多和设睹卢祇那向维毗沙那和

须羯哩婆俯首致敬）

婆私吒　（喜悦）多么幸运，经历了十四个年头后，我又看到
　　　十车王家族兴旺发达。（思索，微笑）

阿周那击败了十首王，

　　持斧罗摩击败阿周那，

而罗摩还是一个少年，

　　击败持斧罗摩，已经

说明这个故事的结局，

　　如果诗人还描写罗摩

其他英勇事迹，只是

　　为了让世人加倍高兴。

（面向罗摩）孩子啊，我们不能错过举行灌顶仪式的吉祥
时刻。

来吧，请你装饰罗怙族

世代相袭的宝座，但愿

北憍萨罗国民众有像你

这样的国王而欢欣鼓舞。

（罗摩听从吩咐。婆私吒仙人用念过咒语而净化的
圣水浇灌罗摩。其他人参与灌顶仪式，然后，五体
投地，亲吻地面。幕后传来吉祥的祷词和贺词）

罗摩 （含羞）

维毗沙那 （合掌，拜倒在地）王上啊！

楞伽岛和这辆名为花车的飞车，
都是十首王从药叉王①手中夺来，
你已经把楞伽岛赐予我，现在，
你下令把这辆飞车归还财神吧！

罗摩 （征得婆私吒仙人同意后，面向飞车）飞车王啊，请你
去侍奉原先的主人、补罗私底耶的大儿子财神吧！

婆私吒 （喜悦）罗摩啊，我还要做什么，让你欢喜？

罗摩 尊者啊，还有什么比你赐予我的这个恩惠更让我欢喜
的事吗？

我听从父亲王冠顶珠般

———————

① 药叉王即财神。

命令,而得以目睹大地

如同身穿树叶衣的蛮族

妇女在野猪獠牙般崎岖

文底耶山中游乐,①我也

在大海西边和南边架起

一座存在至劫末的桥梁,

让世界摆脱十首王统治。

这里是最后的婆罗多祝词②:

但愿诗人们坚持不懈,以大量妙语

蜜汁浇灌观众们的双耳,但愿人们

在没有嗅闻到声梵③产生的香味之前,

不要对诗人们深邃的语言妄加评论。

还有,

只要梵天的水罐用流经三界的恒河水

---

① 这里暗示罗摩流亡森林的艰难生活。
② "婆罗多祝词"(bharatavākya)指戏剧结束时念诵的祝词。"婆罗多" (bharata)一词在这里的词义是演员。实际上,这是扮演主角罗摩的 演员念诵的祝词。
③ "声梵"(śabdabrahman)中的"声"指语言,"梵"指至高精神或世界本 原。因此,"声梵"指语言中包含的至高精神。

净化三界，那么，愿诗人们歌唱英雄
事迹的语言如同源源不断的琼浆玉液，
让他们的美德深深进入世上众生耳孔。

（所有人下场）

第七幕终。

图书在版编目(CIP)数据

无价的罗摩 /（印）牟罗利著；黄宝生译. —上海：
中西书局，2023
（梵语文学译丛）
ISBN 978-7-5475-2120-5

Ⅰ.①无… Ⅱ.①牟… ②黄… Ⅲ.①戏剧文学-剧
本-印度-古代 Ⅳ.①I351.33

中国国家版本馆 CIP 数据核字（2023）第 097567 号

无价的罗摩

[印度]牟罗利 著 黄宝生 译

责任编辑 孙本初
装帧设计 黄 骏
责任印制 朱人杰

出版发行 上海世纪出版集团
中西书局（www.zxpress.com.cn）
地 址 上海市闵行区号景路 159 弄 B 座（邮政编码：201101）
印 刷 上海肖华印务有限公司
开 本 890 毫米×1240 毫米 1/32
印 张 9.125
字 数 168 000
版 次 2023 年 8 月第 1 版 2023 年 8 月第 1 次印刷
书 号 ISBN 978-7-5475-2120-5/I・243
定 价 58.00 元

本书如有质量问题，请与承印厂联系。电话：021-66012351